リベンジポルノ
Revenge Porn

リベンジポルノ

—revenge porn—

著：村上佐知子（髪ノ毛座）

画：こもだ

原作：アトリエさくらeXtra

PB オトナ文庫

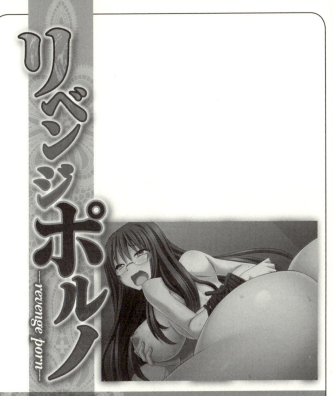

三崎祐二　みさきゆうじ
平凡なサラリーマン。大学時代に彩香と出会い熱烈なアプローチの末に結婚。現在の生活に満足している。
三崎彩香《みさきあやか》
清楚で穏やかな性格の祐二の妻。以前付き合っていた彼氏との苦い経験から、性行為にはあまり積極的ではない。ある日、彼女の元に届いたメールが運命を変えることに…。

徹くんの好きに、して。
私…徹くんのカノジョ、だし…
お願いっ…！ あなた、見ないで！
こんなはしたない姿…っ!!

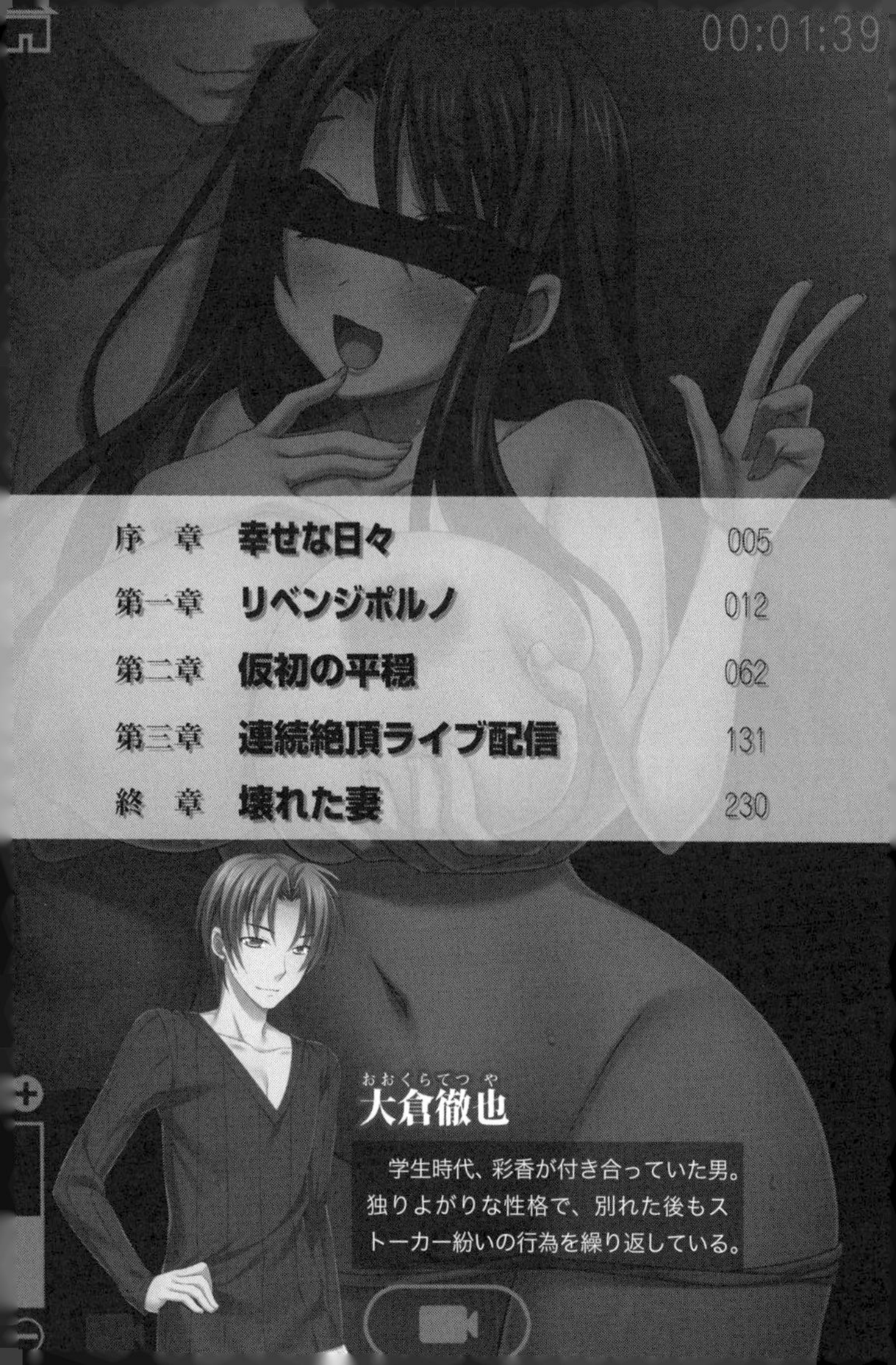

大倉《おおくら》徹也《てつや》

学生時代、彩香が付き合っていた男。独りよがりな性格で、別れた後もストーカー紛いの行為を繰り返している。

序章　幸せな日々

毎日仕事を繰り返すだけの日々……。

そんな日常でも、俺はこの上ない幸せを感じていた。

なぜなら、俺——『三《み》崎《さき》祐《ゆう》二《じ》』には最愛の妻がいるからだ。

※

「お仕事ご苦労様です。あなた」

ベッドの上で妻の彩《あや》香《か》が後ろに座り、マッサージをしてくれていた。

長時間のデスクワークで凝り固まっていた肩の筋肉を、彩香の柔らかな指先がほぐしてくれる。

「はぁ～～～～。気持ちいい……極楽極楽」

「ふふふ。なぁに、それ？　おじいちゃんみたい」

「彩香がマッサージ上手だからだよ。そこらへんの整体師なんかより、彩香の方がずっと上手だ」

冗談なんかじゃなく、本当にそう思う。彩香に肩を揉んでもらうだけで、一日の疲れがみるみる解れいてくようだ。

「いっそのこと、本当にマッサージ師になってみたら？　彩香なら大人気間違いなしだよ」

「そ、そうかな？　でも……私はあなただけのマッサージ師だから……」

振り返らなくても、彩香が自分の発言で顔を真っ赤にしているのがわかってしまう。

俺は彩香に気付かれないようこっそりと笑った。

——彩香と結婚してから、もう二年が経つ。

出会いは街の図書館だった。当時大学生だった俺は、課題のレポートに必要な資料を探して図書館に時々通っていた。

その時、偶然俺と同じように本を探していた彩香が目に入ったのだ。

当時から綺麗だった黒のロングヘアーをゆっくりと揺らしながら、本棚の間を移動する彩香に、俺は見惚れてしまった。運命の出会いとか、赤い糸の奇跡とか、そんな風に形容したくなるほど、一目見た瞬間から彩香に特別な感情を抱いていた。

それから、彩香は俺にとっての憧れの人になった。

彩香に会いたくて、暇を見つけては図書館へ足を運び、彼女の姿を探す日々。

彼女はいつも日が暮れるまで小説を読んで帰っていく。働いている様子もなく、学生でもなさそうな謎めいた彼女に、興味は増すばかり。

そして、ある日思い切って声をかけてみた。

彩香はメガネの奥の瞳を驚いたように見開いて、俺から身を引いた。

どうやら彩香は男の人が苦手らしく、最初は俺と話している時も、ぎこちない感じだった。

それでも俺は、図書館へ足を運んでは彩香に声をかけ続けた。そうしているうちに彩香も心を開いてくれるようになり、図書館以外の場所でも会うようになっていった。

打ち解けていくにつれて、少しずつ彩香のことも知ることができた。事情があって大学を中退したこと。今は一人暮らしで、就職活動はしているもののなかなか仕事先が見つからないこと。特に男性が苦手なことが、仕事先を見付けられない理由らしい。

でも、俺と話しているうちに彩香は明るくなっていった。俺も彩香の笑顔をもっと見たくて、彼女と接する時間を増やしていった。

そして、気が付けば俺と彩香は自然と結婚していた。

夫婦生活は順風満帆。彩香は家事も得意で、手料理も絶品。結婚してから今日まで、文句のひとつも見つからない。

時にはこんな風にマッサージをしてくれたりもして、さりげない気遣いができる彩香と結婚することができて、俺は本当に嬉しかった。

った。

「本当に、幸せだなぁ」

「え……？　ど、どうしたの？　急に……」

「あ、ああ……その、彩香と結婚できて本当によかったなぁと思ってさ」

初めて彩香と出会った時のことを思い出しながら、俺は気持ちを言葉にした。

改めて口にすると、やっぱり少し気恥ずかしい。でもそれは紛れもない本当の気持ちだった。

「私も同じ気持ちよ。あなた……」

「……っ！」

彩香が背中に抱きついてくる。

寝間着越しに彼女の温もりと柔肌の感触が伝わってくる。

いつも身体のラインが出ない服を着ている彩香だが、女性的にほどよく肉付いたとても魅力的なスタイルをしている。

それに、実はかなりの巨乳だ。

彩香はきっと意識していないんだろうけど、さっきからたわわに実った乳房がぐいっと背中に押し当てられていた。

「あなたと出会えて幸せ。これからもずっと、あなたのそばにいさせてね……」

吐息まじりの甘い声に耳元を撫でられた瞬間、俺は跳ねるように身体を起き上がらせた。

「ど、どうしたの？　あなた……」

振り返ると、そこにいるのは出会った時と変わらない『憧れの人』。そして、今は俺の最愛の妻だ。

「彩香っ」

「え？　……きゃっ！」

そのまま、俺は彩香をベッドに押し倒す。

「あ、あなたっ……待って……！」

「好きだよ、彩香」

「や、いやっ……お願い、離して……」

「彩香？」

「ご、ごめんなさい。ごめんなさい」

みるみるうちに、目尻に水滴が溜まっていく。

小刻みに身体を震わせながら、消え入りそうな声で『ごめんなさい』を繰り返す。

しまった。またやってしまった。

彩香は出会った時から性行為に対して、とても奥手だ。

夫婦になってからは月に一度だけ、という約束をしているほど。

「い、いや！　俺の方こそごめん！　彩香の気持ち考えないで……びっくりしたよな？」

俺が謝ると、彩香は涙を拭いながら首を横に振った。

「ううん。いけないのは私の方。夫婦なんだから、もっと……したいわよね？」

「そ、それは……」

彩香が魅力的な分、エッチなことをしたい気持ちは当然強い。

だけど、その想いが強くなればなるほど、胸の片隅にこびり付いた冷たい塊が大きくなっていく。

「……実は、不安なんだ」

「不安……？　なにを不安に思っているの？」

僅かに目を逸らす俺を見て、小さく眉を上げる。

「俺さ、その……早漏だろ？　そのせいで、彩香を満足させられてないんじゃないかって」

だからこそ、彩香はあまり俺とエッチしたがらないんじゃないだろうか？

「そんなことないわ！　あなたとするの……凄く気持ちいいもの。でもね……ちゅ……」

唇に柔らかい感触があった。

彩香は俺から顔を離すと、真っ赤な顔で照れくさそうにはにかんだ。

「私は、あなたとこうしているだけでも幸せでいっぱい」

「彩香……」

目の前に広がるかわいらしい笑みに、思わず目を奪われる。その顔はとても眩しく、胸の中で胡坐をかいていた冷たい塊を一瞬のうちに溶かしてくれた。

そうだよな。彩香は満足できないことに不満を覚えるような、そんなエッチな女性じゃないよな。

元々男性が苦手だったから、その名残りでエッチなことに奥手なのかもしれない。きっとそうだ。

「彩香。これからもずっとずっと一緒にいような……」

すっかり不安が取り除かれ、自分でもわかるほど柔らかく微笑む。

二十五歳になって性行為に奥手なんて珍しいかもしれない。だけど、彩香のそんな清純なところさえも、欠点ではなく愛しいと思える。

「ええ……」

ベッドの上で、ただ肩を触れ合わせて寄り添う。

言葉すらいらない。新婚の頃と変わらず、俺と彩香は眠りにつくまでずっとそうして互いの体温を感じていた。

この幸せな時間は、きっと永遠に俺たちのものだ。

――そう信じていた。

第一章　リベンジポルノ

――朝。

漂ってくる味噌汁の良い香りで目を覚ました俺は、身支度を済ませてリビングへ向かった。テーブルの上には彩香の作ってくれた朝ご飯が並んでいた。

台所から戻ってきた彩香と向かい合って、朝食を食べる。

いつも通りの幸せな朝の時間だ。

「ご飯、おかわりいる？」

「うん。茶碗半分くらいもらおうかな」

「はい、どうぞ」

「ありがとう。彩香の朝食が楽しみで、目覚ましがなくても起きられるようになったよ」

「ふふっ、私も。あなたに美味しいご飯を食べて欲しいなって思うと、朝起きるのも辛くないわ。それに、あなたが元気にお仕事できるように朝食を用意するのも、妻の務めですから」

「ははは。彩香には頭が上がらないな」

温かな笑みを浮かべる彩香。彼女の笑顔を見ているだけで、俺も自然と頬が緩む。

「あ、あなた、ほっぺたにご飯粒付いてる……」

「え？　どこ？」

「ここ。この辺……」

彩香が自分の頬を指差してみせる。

「う～ん……よくわかんないな。彩香が取ってよ」

「ええ？」

「はい。お願いします」

前のめりになって、頬を彩香に向ける。

照れくさいのか、彩香は少しだけ視線を泳がせてから、手を伸ばしてきた。

「じゃ、じゃあ……」

人差し指が頬をすっと撫でる。なんだか、くすぐったいな。

「はい。取れたわよ。ぱく。えへへ……美味しい」

ご飯粒をそのまま口にしてはにかむ彩香。かわいらしくて、つい見惚れてしまった。

もうこのまま、ずっと彩香を見ていたいくらいだ。

「ほ、ほら！　早く食べないと遅刻しちゃうわよ。今日は朝から会議が入ってるのよね？」

「あっ！　そうだった！」

時計を見ると、いつの間にかギリギリの時間になっていた。彩香と過ごす時間は、どうしてこう短く感じるんだろう？

「ごちそうさま！」

残りのご飯を胃に運んで、俺はカバンを手に席を立った。

「あなた、待って」

玄関で彩香に呼び止められる。

「忘れ物よ。はい、お弁当。今日はあなたの大好きなハンバーグを作ってみたの。美味しくできてるといいな……」

「大丈夫！　彩香の作る料理なら、全部美味いに決まってるじゃないか」

「あ、あなた……」

俺の返しに、彩香が頬を桃色に染める。

「ははは。彩香はいっつも反応が素直でかわいいな」

「も、もう。からかわないでよ」

照れ隠しなのか、彩香は少しだけ困ったように微笑んだ。

「さぁてと。それじゃあ今日も、彩香のお弁当を楽しみに頑張ってこようかな」

彩香から渡された弁当はずっしりと重たくて、隙間なくおかずが詰まっているのがわかる。早起きして、俺の為に美味しい朝食とお弁当を用意してくれる妻がいる――。

こんなに幸せなことは、他にないよな！

「それじゃ、行ってきます！」

「行ってらっしゃい。気を付けてね」

手を振る彩香に見送られて、我が家を後にした。

※

「ただいまー」

今日は予想以上に仕事が多く、遅くなってしまった。

「おかえりなさーい。あなた」

まるで帰ってくる時間をわかっていたかのように、すぐ声が返ってくる。

「カバン、持つわね」

「ああ、悪い」

彩香にカバンを渡して、ネクタイを緩める。

「ああ、そうだ。弁当めちゃくちゃ美味しかったよ！　特にあのハンバーグ！　時間が経っていたのにあんなに美味しかったんだから、出来たてはもっと美味しいんだろうなぁ」

「それじゃあ、今度のお夕飯に作ってあげるわね」

「ほんとに？　楽しみにしてるよ！」

「ふふっ。期待に応えられるように、頑張ります」

遅くなってしまった俺を非難する様子もなく、いつもの笑顔で彩香は出迎えてくれる。

「先、お風呂にする？　それともご飯？」

妻が出迎えてくれる時のお約束のセリフ。本当はここで『彩香かな？』と言いたいところだけど、冗談でも彩香はびっくりしてしまうだろうな。

「うーん、お風呂かな？」

「うん、わかった。あとでバスタオル持っていくから」

「ありがとな」

そのまま俺は風呂に入って一日の疲れを洗い流してから、リビングへ足を運んだ。

「今日も遅くまでお仕事お疲れ様でした」

「ありがとう彩香……おっとと」

彩香がグラスいっぱいに注いでくれたビールを、喉を鳴らしながら一気に流し込む。

「ぷはぁ！　あー美味い！　この一杯の為に生きてるんだよなー！」

ついついベタなセリフを口にしてしまう。

「はい。頑張った人にはたくさんご褒美をあげますね～」

そんな俺に彼女はニコニコしながら、空になったグラスにまたビールを注いでくれる。

「はぁい、どうぞ」

「ごく、ごく……ぷはぁ。素敵な奥さんに注いでもらったビールは、やっぱりぜんぜん味が違うなぁ」

「もう、大げさなんだから。なにかおつまみいるよね？　用意するからちょっと待っててね」

「あ、うん。軽くでいいよー！」

一度キッチンに行き、簡単な料理を作ってから彩香が戻ってきた。

「はい。これくらいで足りる？」

「十分だよ。いただきます」

彩香が用意してくれたおつまみの中から、チヂミを選んで口へと運ぶ。焼きたてで外はカリカリ、中はトロトロだ。甘辛いタレもよく合っている。

「おお、美味しい！」

「あ、それ今日のお料理教室で習ってきたの。おつまみに丁度いいかなと思って」

「うん！　ビールによく合うよ！」

「ふふっ、足りなくなったら言ってね。おかわり作ってあげるから」

「はふはふっ、ありがと」

熱々のチヂミを頬張る俺を見て、彩香はクスクスと笑みをこぼした。

『いつも仕事で頑張っているあなたに、できるだけ美味しい料理を作ってあげたい』という理由で、少し前から彩香は料理教室に通い始めた。

元々彩香は料理上手だったのだが、最近はさらに腕が上がってきた気がする。

なによりも、料理教室に通い始めてから友達が増えたらしく、彩香が楽しそうにしているのが俺にとっても喜ばしいことだった。

彩香は本当に尽くしてくれる。俺も彩香になにかをしてあげたいのだけど、このところ仕事も忙しくて彼女の優しさに頼りっぱなしだ。

「……なんか、悪いな。こんな遅くまで付き合わせちゃって」

「ううん、気にしないで。あなたが帰って来たら、ちゃんとおかえりって言いたいの。それに……あなたとこうして一緒にいる時間を大切にしたいから」

「気持ちは嬉しいけど、無理だけはするなよ」

「あなたもね」

彩香は微笑みながら、自分のグラスに注いだオレンジジュースを一口飲んだ。

できれば一緒にお酒が飲みたい……そう思うこともあるけど、彩香はアルコールが苦手らしい。

自分はお酒が飲めないのにこうして俺の晩酌に付き合ってくれているんだよな。

「……ごくっ！　ぷはっ、やっぱり彩香の注いでくれたビールは美味い！　この世で一番美味い！」

妻の顔を見て、手料理を食べながら仕事上がりのビールを飲む。これ以上の幸せが他にあるだろうか？

「もう、酔っぱらいさん。あんまり飲むと明日に響きますよ～」

――ブルブルブル！

夫婦水入らずの夜を過ごしていたその時、テーブルの上にあった彩香のスマホが小刻みに振動した。

「あ、ごめんなさい。メールみたい」

こんな時間に誰からだろう。迷惑メールかなにかだろうか？

「ひっ⁉」

画面を確認した瞬間、彩香はスマホをテーブルの上に落としてしまった。

「ん？　どうした？」

「う、ううん。なんでもないの。が、学生時代の友達から……」

彩香は手を震わせながら、慌てた様子でスマホを服のポケットにしまう。

「返事しなくていいのか？」

「う、うん！　なんだか、飲み会で酔っぱらって変なメール送ってきたみたい」

「あはは。そんなに慌てるってことは、よっぽどおかしなメールだったんだろうな」

「そ、そうなの。びっくりしちゃった。あっ、ビールのおかわり持ってくるわね」

「ああ、ありがとう彩香」

※

晩酌を終えて寝室に戻る。彩香は後片付けを終えて、そのままシャワーに向かった。

「はぁ。今日も彩香のつまみは美味かったなぁ。……それにしても、あのメールはなんだったんだ？」

メールを見たあとから彩香はどこか上の空だった。

こちらが話しかけても曖昧な笑みを浮かべるだけで、話の内容を聞いていないようにも見えた。彩香と出会ってから、あそこまで不安そうな顔は見たことがない。

「なにかあったのかな？」

心配になり、思わず顎に手を当てて捻った瞬間、寝室のドアが開き、彩香が入ってきた。

「あ、彩香。おかえり」

「う、うん……………」

どこか力ない足取りでフラフラとベッドまで歩いてきて、俺の隣に腰をかける。

その瞳はどこか虚ろだ。

やっぱり、なにかがおかしい。

「彩香、さっきから変だぞ？　どうかしたのか？　具合でも悪いのか？」

「べ、別に……なんでもないわ……」

「嘘だ。彩香はいつも俺と話す時目を合わせてくれるのに、今は逸らしてるだろ？」

俯いた顔を覗き込む。大きな瞳がキョロキョロと落ち着きなく彷徨う。

「あ、あなたに余計な心配かけたくなくて……」

「やっぱりなにかあったんだな？　さっきのメールか？」

「…………」

ビクリと彩香の身体が震える。そして、小さな手に筋が浮かび上がるほど、シーツを強く握り締めていた。やっぱりあのメールが原因だったのか。

「彩香、俺のことそんなに信用できない？」

「そ、そんなこと……！」

「だったら、彩香が気にしてること、全部俺に話して欲しい。俺たち夫婦だろ？　困ってることがあるなら一緒に解決しようよ」

彼女の目を覗き込み、柔らかく微笑む。

「頼りないかもしれないけど、俺にできることがあったら力になりたい」

「…………うん。ありがとう、あなた」

彩香は自分の手を俺の手に重ねてきた。その指先は、まだ僅かに震えている。よほど言い辛いことなのか、唇を閉じたり開いたりしているだけで、なかなか言葉が出てこない。

それでも俺は彩香の手を握りながら黙って待ち続けた。しばらくして、ようやく心を決めたのか、彩香が俺と向き合って口を開いた。

「あ、あのね。私……実は、あなたと出会う前に付き合ってた人がいたの。その彼からメールがきて……」

「元カレってこと？」

「うん……。今まで黙っててごめんなさい。あなたのことを騙すつもりはなかったの。ただ、あんまり、思い出したくない人だったから」

「そうか……」

過去のことは過去のこと。それはわかっている。

わかってはいるが、やはり自分の妻の口から聞かされると、動揺せずにはいられなかった。でも、今は自分のことより彩香のことだ。

「思い出したくない人？　どういうこと？」

「…………っ」

なにかを話そうと口を一度開きかけたが、すぐに閉じる。

そして、乱れた呼吸を落ち着かせてから、改めて話し出した。

「ストーカー、みたいな人だったの。最初は普通に付き合ってたんだけど、付き合ってるうちに、だんだんおかしくなって……」

過去の男を語りながら、彩香の顔色はみるみるうちに蒼褪めていく。

重なり合う手の震えも大きくなる。

「私も悪かったの。大学に入ったばかりで浮かれてて……。それに、もっと早く異常な人だって気付いていれば、あんなことには……」

「でも、その彼氏とはもう別れたんだろ？」

「もちろんよ！　今の私には、あなただけ！　それは絶対に信じてっ！」

「うん。わかってる」

彩香の必死な表情は、嘘を言っているようには思えない。単純だけど『あなただけ』という彼女の言葉だけで、気持ちが少し晴れたような気がする。

「……でもね、彼の方は別れたつもりはないみたいなの」

彩香はおずおずと、ポケットに入れていたスマホを取り出す。そして、画面をタップしてから俺に見せてくれた。

「なんだ、これ？」

彩香のスマホの画面には……。

『俺はいつでも彩香のことを思っているよ。君も同じなんだろ?』

『勝手に俺の前からいなくなったことは許してあげるからさ。返事してよ。君と会いたいよ』

『久しぶりに彩香の手料理も食べたいよ。ねぇ、今彩香はどこにいるの? 教えてよ。迎えに行くからさぁ』

『彩香、彩香、彩香、彩香、彩香、彩香、彩香』

鳥肌が立った。

音声ファイルなどではない。文章だけしか羅列されていないからこそ、そこに潜む狂気をはっきりと感じ、背筋を凍らせてしまう。

本物のストーカーからのメールは初めて見たけど、こんなにも気持ちが悪いものとは思わなかった。

「これは前に送られてきたメールの一部なの。ずっと前から、時々こういうメールが送られてきていて……」

彩香がストーカーにずっと悩まされていたなんて知らなかった。そんな素振りはまったく見せなかったから。

「でも、最近は落ち着いてたの。だから、諦めてくれたと思っていたんだけど、さっきまた送られてきて……あっ！」

話をしている最中に、またスマホがメールを受信する。彩香は画面を操作して、俺に差し出す。

『俺のところに戻ってこい！』

『そうしないと、お前の秘密を全部バラしてやるぞ？　いいのか？』

『お前みたいなクソビッチ女は、俺がいないとダメなんだよ！　わかってるんだろ！』

『俺から逃げられると思うなよ』

「……っ！」

メールは、これまでとは違う攻撃的な内容だった。

文章自体は幼稚だが、彩香をバカにするような言葉には吐き気がした。

「ここまでひどいのは初めてだから、私……どうしていいかわからなくて。ごめんなさい」

「彩香が謝ることじゃない！　悪いのは全部、このストーカーだろ！」

腹の底から込み上げてくる怒り。なんで彩香がこんなくだらない嫌がらせを受けなければならないんだよ！

「差出人の名前は……『大倉徹也《おおくらてつや》』か」

「うん。徹く…………て、徹也が、彼の名前よ」

慌てて口を噤み、俺の手を力強く掴みながら言葉を零す。

「受信拒否に設定してもダメか？」

彼女の手を握り返しながら、もう片方の手でスマホを操作する。

「何度か試したんだけど、向こうがアドレスを変えてメールしてくるからダメだったわ。私がアドレスを変えたこともあったんだけど、それでもメールは止まらなくて……」

「そうか……それじゃあ無視するしかないよな。下手に構うと面倒なことになりそうだし」

「そう、よね。それしかないわよね」

彩香はまだ浮かない顔をしている。俺はマリッジリングを付けた彩香の手を、包み込むように握った。

「不安だよな。でも、大丈夫だ。いざとなったら俺が絶対彩香を守るから」

「……本当？」

「あぁ」

不安そうな上目遣いをしっかり受け止め、深々と頷く。

「……うん。あなたのこと、信頼してるから」

そこでようやく緊張で強張った目尻が柔らかく垂れ下がる。どうやら少しは落ち着くことができたようだ。

「あなたも私のこと、信じてね。この人とはもうなにもないから」

彩香は誓いを示すかのように、そっと俺の頬に口づけをする。

「これからずっと……私はあなただけのものよ」

「わかってるさ」

微笑み合い、お互いの気持ちを確かめるように、唇と唇を重ねる。

ナーバスになっている彩香を少しでも元気づけてあげたかった。

しかし、こうしている間にもスマホには次々とストーカーからのメールが届く。

「どうしよう？　やっぱり、このまま無視し続けるしかないのかな？」

「いや、これだけメールが来てたら、気が休まらないよな？」

それに俺の気持ちも収まらない。彩香の辛そうな顔なんて、見たくないんだ。

別れても彩香に付きまとい、苦しめている元カレの存在にはらわたが煮えくり返る。

「だけど、どうしたらいいか、わからなくて……」

「なら、俺がメールを返すよ。彩香が結婚してることを、こいつに伝えるんだ」

今の彩香に代わって俺ができることなんてそれくらいしかなかった。

「でも、あなたに迷惑がかかるかもしれないわ」

「いくらストーカーでも、別の男がそばにいることを知れば諦めもつくさ」

彩香を少しでも元気づけることができればと、意識して明るい声をかけつつ、俺は彩香の『旦那』を名乗り、すでに結婚していることをメールに打ち込んだ。

そして、もうストーカーなんてくだらないことはやめるよう文章を打ち、メッセージを送った。

すると、すぐに返事が届く。

『彩香の秘密を、動画サイトに流してやった。俺を裏切った罰だ』

「っ!? 脅迫でもしてるつもりなのか？」

メールをスクロールすると、文面の最後になにかのＵＲＬが載っていた。スマホからはアクセスできないようなので、自室にあるパソコンへ向かう。

「え？ 動画見るの……？」

「一応、な」

「こ、こんなのきっとただのイタズラよ！　ねぇ、やめようよ……」

「わかってる。でも、確認しないと。もしかしたら彩香のことを盗撮した映像かもしれないだろ？」

可能性は低いと思うが、向こうは異常なストーカー男だ。確認するに越したことはない。

「もし不安だったら俺だけで見るから。彩香はリビングで待っててもいいんだぞ」

それは俺なりの気遣いの言葉のつもりだった。

「…………」

一瞬の間が空く。だけど小さいながらもきっぱりと彩香は首を振った。

「……ううん、一緒に見る。私も自分の目で確認したい」

「そうか、わかった」

彩香と二人で寝室へ移動する。

「じゃあ、いくぞ」

「うん……。お願い」

俺の言葉に彩香が答える。その声は緊張の色を帯びていた。後ろからパソコンの画面を覗く彩香が、俺の肩に手を置く。不安そうに震える小さな手を握り締めた。

そして、パソコンにＵＲＬを打ち込んで、動画サイトにアクセスした。

――動画には『城田彩香の本性』というタイトルが付けられていた。

思わず声が出そうになるが、彩香がすぐそばにいるということもあり、必死で押し殺す。

『城田　彩香』……俺と結婚する前の彩香は確かに城田という名字だ。

イタズラであるということを願いながら、俺は動画の再生ボタンをクリックした。

※

「な、なんだよ……これ……」

パソコンのモニターに映し出された光景に、頭の中が真っ白になった。

ベッドの上で寝そべっているのは、見覚えのない男性だ。

だけど、もう一人の女性の方は……。

「彩香、なのか？」

今とはずいぶん雰囲気が違う。一見すると別人のようだ。

だけど、俺にはわかる。最愛の妻の顔を見間違えるはずもない。顔のパーツや笑った時の表情は、彩香そのものだ。

それならば、彩香の前にいる男は例のストーカー……『大倉　徹也』なのか。

「そんな……どうして私が……？」

肩に置かれている彩香の手が、だらりと滑り落ちてしまう。

俺も彩香も言葉を失っている中で、映像の音声だけが室内に響き渡る……。

徹也が押し倒すように、彩香の上に覆いかぶさりながら豊満な胸に手を伸ばす。

「あんっ、徹くんのおちんちん、もう大きくなってる……」

「彩香とこうしてくっ付いてるだけでビンビンになっちまうよ」

「うふふ。なぁにそれ？　徹くんってほんとにエッチなこと大好きよね～？」

「彩香だって大好きだろ？　もうヌレヌレじゃねえか」

「ひゃんっ……んっ、あ、ふっ」

愛液で湿った割れ目を陰茎でゆっくり擦る。

挿入すらしていないのに、彩香は敏感に背筋を震わせて僅かな刺激にも反応していた。

「フェラしてる時からムズムズしてしょうがなかったんだろ？　股を擦り合わせてもぞもぞしてたもんな？」

「ん、ふぁ……そ、そうなのかな？　自分でもよくわかんないけど……んんっ」

「フェラも気持ちよかったけど、やっぱり彩香のマンコに入れてえよ。なぁ、やってもいいだろ？」

「ええ～？　どうしよっかなー？」

ペニスの先端に秘裂を弄られながら、彩香は見たことのないような小悪魔的な表情を見

せた。

それに、『フェラ』ってフェラチオのことか？　二人の口振りから察するに、この映像の前に彩香は徹也のペニスを咥えていたのか？

彩香がそんな破廉恥なことをするなんて、信じられない。

「いいだろ？　オレもう我慢できねえよ。彩香だって、このまま終わりなんて物足りないだろ？」

「ん、んんっ……そ、そうねー？」

震える唇が小さく開き、その隙間から切なそうな、それでいて甘い吐息が漏れる。

大淫唇がペニスを受け入れようと、パクパクと開閉するように蠢く。

これまで何度も妻と身体を重ねている俺には、これがかなり興奮している状態だとわかってしまう。

「焦らすなって。いいだろ？　なぁ？」

「もぉ～しょうがないな。じゃあ……しよっか？」

「くくく。そうこなくちゃ。そんじゃ、挿入するぞ？」

「あ、でもゆっくりね。いきなり全部入っちゃうとびっくりするから」

「わかってるよ」

冷静を取り繕う声とは裏腹に、徹也自身もセックスができることに興奮しているようだ。

鼻息を荒くしながら、すっかり愛液塗れになった割れ目に狙いを定めてペニスを近づけていく。

ああ……挿れられてしまう。

彩香の中に、他の男のペニスが突き込まれてしまう！

『やめろ！』

過去のこととわかっているのに、もう取り返しがつかないことだと頭では理解しているのに、それでも映像に向かって叫びたくなってしまう。

「ん……うふふ、徹くんのおちんちん、熱くておっきいぃ……」

彩香が寸前のところで、抵抗してくれるのではないか。

――と、そんな淡い期待を抱いてしまう。

だが、画面の向こうの彩香は俺のことを知らない。

徹也という男しか見えていないんだ……。

俺の願いが届くわけもなく、彩香の閉ざされた肉の扉をこじ開けられてしまった。

「ん、ふぁあああ～～～っ！　い、つっ……んっ……いたいっ」

「大丈夫か？　もう少しゆっくりがいいか？」

「う、ううん。大丈夫。きっと痛いのも最初だけだから。そ、そのまま中まで入れてっ？」

徹也が腰を突き出して進むたびに、唇を噛んで痛みに耐えている。

しかし、あっという間にペニスは彩香の膣内にカリ首まで埋まってしまった。

「最初の頃は亀頭を入れるだけでも泣くほど痛がってたのに、ずいぶん慣れたもんだな」

「う、うんっ。まだ、痛いけど、ぜんぜん我慢できるよ」

「もう三回目だもんな。だけど、相変わらず彩香の膣内はまだキッキッで押し返されそうだ」

——三回目。しかも、最初の頃の話をしているということは、やっぱり徹也が彩香の処女を奪ったヤツなのか。

思い返せば、初夜の時から彩香は処女じゃなかった。元カレの存在を疑ってもよかったはずなのに。

俺にとっては童貞を卒業した初めての夜だったから……そこまで気が回らなかったんだ。それに彩香は男性が苦手で、ずっと図書館で本を探しているような清楚で真面目なイメージしかなかったから。……ずっと、初めての相手は俺だと思い込んでいた。

現実は俺と出会う前に処女を奪われ、そして三回も徹也と身体を交えていたんだ。

「ゆっくり動かすぞ？」

「ん、ふぁ……ふっ、くっ！　んぐっ……んんんっ！」

「痛くないか？」

「す、少しだけ……でも、これくらいなら平気だよ。多分、すぐに気持ちよくなると思うから……」

「はぁ……ありがとう、徹くん。徹くんはやっぱり優しいね……」

「無理するなよ」

スローペースな抽送が続く。

ペニスが膣内へ入っていくと、彩香の身体が痛みに跳ねる。

「はうっ、う……んふぅうう～～！　ん、んぁ……あ、んんっ、い、ひゃっ！　んんっ！」

割れ目からずるずると陰茎が抜けていくと、今度は大きく息を吐き出す。

「は、はひっ、あ、あんんっ、ん、んんんっ……んぁ、あ……あぁ……んっ」

「やっとエロい声が出てきたじゃん。膣内もさっきよりは柔らかくなってきたな」

「う、うん……徹くんの、おちんちん……やっぱり、気持ちいいよぉ……」

「愛液でぐちょぐちょになってきたし、そろそろもっと奥まで挿入してもいいか？」

「ん……いいよぉー……徹くんの好きに、して。私、徹くんのカノジョ、だし……」

映像の中では、彩香は徹也の『彼女』なんだ。彩香の口からその言葉を聞いて、また胃が重くなる。

「そうだよな？　それじゃ……！」

「……んいぅっ!?　はひぃ!!　い、ひぃいいいいいいんっ!!」

ペニスが小さな割れ目を押し広げ、一気に根元まで呑み込まれていく。

同時に、彩香の身体が跳ね上がった。

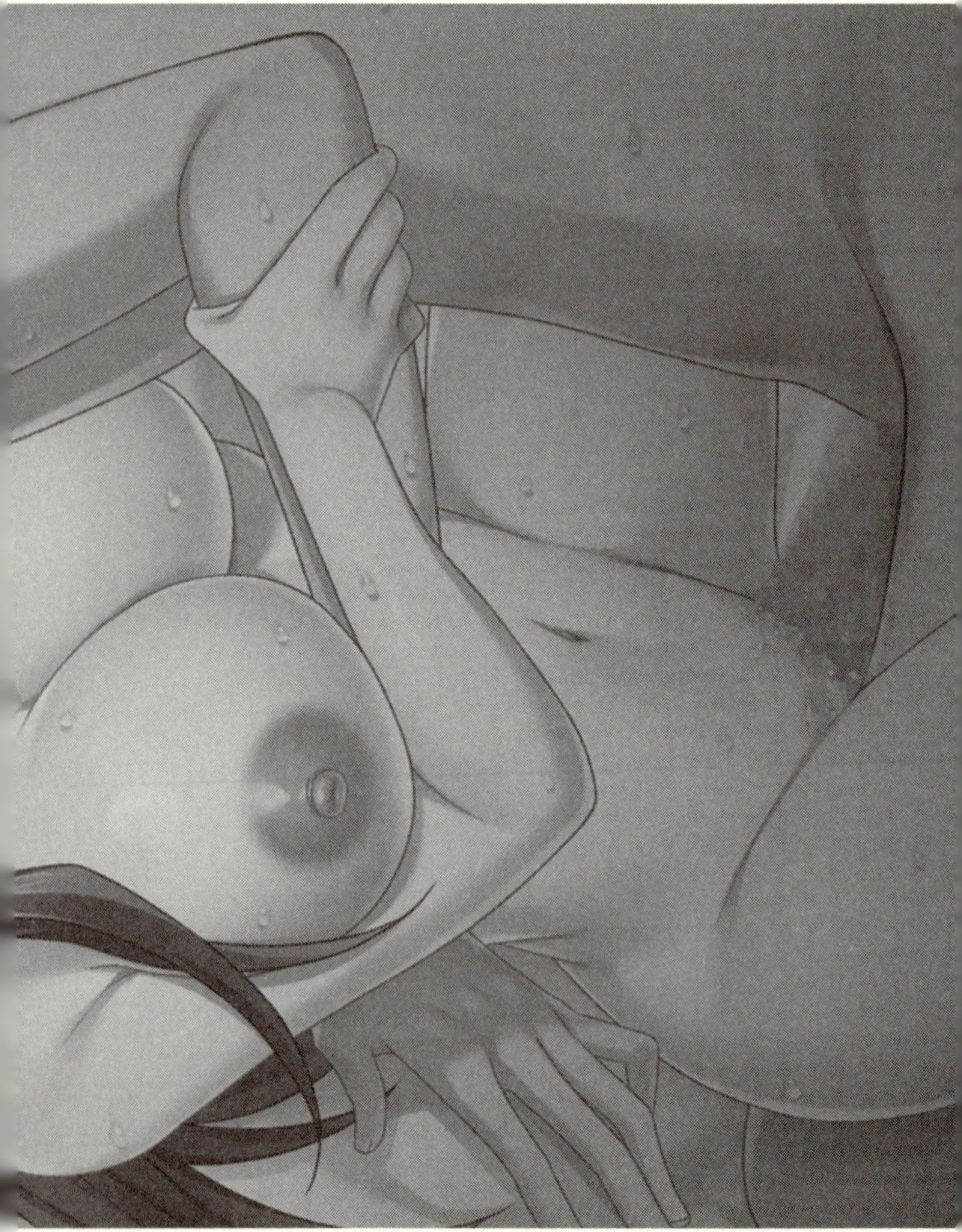

膣内に溜まっていた愛液が溢れて、結合部をビショビショに濡らす。

「んくぅううう……ひ、うぅううううんっ！」

皺ができるほどシーツをぎゅっと握り締めて、貫かれた痛みに耐える。

「ん、んんんっ！　ん、くぁ……あっ……ふぁ、あ、はひっ……はぁ……はぁ……」

徹也も彩香を気遣ってか、差し込んだあとは動こうとせずに、彩香の身体から力が抜けるのを待っていた。

「はぁ、はぁ……ふぅ……」

「落ち着いたみたいだな。もうそろそろ動くぞ」

「う、うん……待っててくれて、あ、ありが……んんぅっ!!」

話を遮るようにストーカー男が腰を動かし、膣内からペニスを引き抜く。

「あっ、あぁぁー!! は、激しすぎっ、んっ、んあああっ!」

そして、半分くらいまで引き抜いたところで再び腰を落として、膣内へ陰茎を戻す。

「はひぃいっ! んぁ、ああっ! あ、はぁあああっ! ——また、奥まで徹くんのおちんちん、入ってくるよぉ～」

「口もよかったけど、やっぱ彩香はおまんこの中が一番だな」

舌なめずりをして、悪魔のような笑みを浮かべながら、徹也は腰を小刻みに動かす。

「しっとり絡みついてくるし、締まりもいい。気を抜いたらすぐにイッてしまいそうだ」

「イ、イッていいよ～～。徹くん、私で、もっといっぱい感じてぇ～～」

「まだ始まったばかりだろ? もっと彩香の中を味わってから、射精してやるよ。彩香も、俺のテクニックですぐに感じさせてやるからな!」

彩香の身体を乱暴に揺すり、小さな秘所を極太のペニスで穿つ。

ぐちゃ、ぐちゃ……という肉と肉がぶつかり合う卑猥な音が結合部から絶え間なく響き渡った。

「徹くんに、突かれると……んんっ！　頭が、ビリッてするのっ！　ひゃっ、あう、くぅ……んふぅうう！」

「どうだ？　気持ちいいだろぉ？」

「う、うん！　いっぱい感じてるよぉ……徹くん、やっぱり……セックスするの、上手だね……あンっ」

「へへへ。そうだろ？」

俺もそう経験が多いわけではないけど、徹也にテクニックがあるようには思えない。こんなのは、ただ衝動のまま腰を振っているだけの、乱暴なセックスだ。

……でも、彩香は上手と言っている。

他の男を知らないから。徹也が初めての男だから。

「て、徹くん……おまんこがジンジンするよ……んんっ……も、もっとぉ……もっと突いて。徹くんのテクニック……教えてぇ……」

肉付きがいいとはいえ、女性的な線の細さを残した彩香の身体が、徹也の剛直に揺さぶられている。

白い肌は桃色に染まり、しっとりと汗が浮かんでいた。

「はぁっ、んんん、あっ、あんっ……す、すごい……おまんこの中、熱いよぉ……徹くんのおちんちんに、愛されて……幸せぇ……んっ、あひっ……ひゃぁあん！」

「すっかりエロい顔になってるじゃねえかぁ。もう痛くもなんともないだろ？」

「い、痛くないよぉ……ぜーんぜん……ビリビリするだけだよぉ……」

その言葉を裏付けるように、彩香はビクビクと快楽で背筋を痙攣させている。

「徹くんも、私のおまんこ、気持ちいい？　……んっ、はぁぁ」

「最高だぜ。さっきから襞がグネグネうねって、ペニスに吸い付いてくるぞ。ずっとこうして、彩香の中に入ってたいくらいだ」

「嬉し～。わ、私も……もう学園なんて行かなくていいから、徹くんとエッチなことしてたいなぁ」

本当に、この女性は俺の妻と同じ人物なのだろうか？

信じられない……信じたくない。しかし、彩香は元々大学生だったのだが、とある理由で中退したと言っていた。そして、その理由を頑なに話そうとはしなかった。

もしかしたら……。想像は歯止めが利かなくなり、身体中に嫌な汗が吹き上がってくる。

「んぁっ……あんんっ、い、いいよぉ～、そ、そこ……気持ちいい……ひゃんっ、あっ、あぁあっ！　んふっ、ひゃあぁっ、あ、あっ、あんっ、あぁあぁ～～」

シーツを握り締める仕草や、感じている時の表情……それら全てが俺の中にある彩香のものと合致する。

認めたくなくても、映像の中の女性を……夢中になってセックスを愉しむ淫らな彼女を……彩香と認めるしかなかった。

「あ、れ？　おちんちん、ビクビクしてる……徹くん、もう……」

「そろそろ限界だ。彩香の中がよすぎるから、絶頂しちまいそうだ」

「そう、なんだ。いいよ……いっぱい出してぇ……んんっ、徹くんの、精液……欲しいよ……あんっ」

「言われなくても、そうするつもりだよっ」

彩香の身体が浮くほど激しく腰を突き出す。

次の瞬間、甘い喘ぎ声を零していた口から聞いたことのないような嬌声が上がった。

「んぁあああっ！　あ、あああっ！　あんっ！　んっ、んんっ、んんんぁああ～～っ！」

体内の奥深くまで蹂躙されながら、快感に打ち震えるように身をよじる彩香。

「な、なに、これぇ……ビリビリが、強くなって……あひゅっ、んんん～～　んっく！　徹くん、な、なにか、ヘンだよ……あふっ！　わ、私……んひっ！　ひゃぁあ！」

限界まで背中を仰け反らせ、何度も腰を大きく跳ね上げる。

身体全体をさざ波を打ち返すように痙攣させ、ベッドからシーツをはぎ取るように、握り締める手に力を込めていた。

「あーっ！　ああっー！　あああああっ！　やだやだやだっ!?　止まらないよぉ！　気

持ちいいのが、止まらなくて……あっあっあっ‼」

「う、くっ……彩香のおまんこ、ぎゅうぎゅうに締め付けてきやがる……！　ハハッ、なるほど！　彩香！　どうやらお前、イッたみたいだなっ？」

「あっ、ひゃあああああっ⁉　ダメダメっ⁉　て、徹くん……今は、動かないでぇ」

震え上がる彩香の身体を、さらに容赦のない責めが襲う。

「あっ、あっ、あああぁぁっー！　そんなにおちんちんの出っ張りでしゅこしゅこされたら、私……お、おかしくなっちゃうからっ」

……イッてるのか？　狂ったように頭を振り乱し、口の端から大量の唾液を散らすその表情は、俺の知らない妻の顔だった。

俺は彩香をイカせたことがない。でも、徹也は今、目の前で妻をイカせている。それもこんなに容易く。

胸の中を鷲掴みされたような衝撃に貫かれる。

「も、もうダメだ……我慢できねぇ。イク、ぞ！　イクぞ！　彩香！」

「んはっ、はっ……は、ひっ……ひっ、んぁ、あんんっ、んんんっ！」

彩香は口をぽっかり開けて震えるような喘ぎ声を漏らす。

絶え間ない抽送によって掻き出された愛液が、飛沫のように飛び散っていた。

「くっ……うおお！」

徹也が彩香にのしかかるように股間同士を密着させた。

その瞬間、ズチュウ……という水音が響き、勃起した剛直が根元まで彩香の膣内に収まった。

重なり合った男女の身体が、弾むように大きく震える。

そして――。

「徹くん、徹くん……！　あ、ひゃぁあああああああああああ!!」

徹也のペニスから放たれた精液が、彩香の膣内を満たしていく。

収まりきらなかった白濁色の液体が、彩香の愛液と混ざり合って結合部から流れ落ちる。

「あ、あああああ、ああああ………」

「ああああああああああああああああああああぁぁ!!」

彩香は声を張り上げながら、肩を震わせる。

足の指先にまで力がこもり、全身を上記させながらひたすら喘ぎ続ける。

そして、結合部からは透明な液体がプシュプシュ、と飛び散っている。

彩香は潮まで噴いて絶頂していた……。

「んんんっ！　あン！　ん、んん……あ、はぁ、はぁ……は、ひぃ……」

やがて痙攣はおさまり、彩香は脱力したように全身から力を抜く。

同時に、射精を終えた徹也もペニスを引き抜いた。

ぐちゅ、という音と共に、粘液がダラダラと割れ目から溢れ出る。

「はぁ……気持ちよかった。彩香、最後すごかったぜ？　……彩香？　どうしたんだよ？　ぼうっとして……」

「わ、私……どうしちゃったんだろ？　おまんこが溶けそうなくらい熱くなって、気持ちよすぎて頭が真っ白になったの」

「だから、絶頂したんだって。そっか、彩香は始めてだったのか？　田舎にいた頃はオナニーもしたことなかったんだろ？」

「し、しないよぉ、そんなこと！　でも……そっかぁ。絶頂しちゃったんだ……徹くんと一緒に……」

「気持ちよかっただろ？」

「うん……すごかった。それにぃ、なんだかオトナになれた感じ。えへへっ」

セックスを終えた二人は、ベッドの上で互いに顔を見合わせながら会話をしていた。

今の俺と彩香とに少しだけ重なって見えてしまう。

「……ああ！　彩香、お前イッた時小便漏らしただろ？　シーツ水浸しじゃん！」

「う、うそ～!?」

確かに、シーツの一部にはお漏らししたような広い染みができていた。

彩香は絶頂していた時よりもさらに頬を赤くしてしまう。

「あ、うううう……ごめんね、徹くん。私のこと、嫌いになった？」

「そんなわけないだろ。彩香がとんでもなくエロい女だって再確認できてよかったよ」

「も、もぉ～～！　徹くんのイジワルー！」

仲良さそうにベッドの上でじゃれ合う二人。

空っぽの頭に彩香と徹也の笑い声だけが響き渡る。

――そこで、動画は終わった。

※

「いやぁ……いやあああ……」

動画が終了したところで、背後から泣き崩れる声が聞こえた。

「どうして？　どうしてこんなことになっちゃったの？　私、どうすればいいの？　徹くん、もうやめてよ……こんなこと……う、うぅ……」

　映像の衝撃に頭は空っぽになっていた。だけど、彩香の方がずっとショックは大きいはずだ。

「あなた、私……違うの！　あの映像は、昔の映像だから……私、私は……」

「お、落ち着け、彩香！」

「あ………っ」

　涙を流しながら支離滅裂に言葉を発していた彩香が、膝を崩して倒れそうになる。

　慌てて肩を掴んで支える。その身体はいつもよりずっと軽く感じた。

「今の、映像は……私がバカだったから……徹くんのことは、あなたに迷惑かけたくなくて……！」

「……いいんだ。彩香はなにも悪くないよ」

　あやすように、小さな肩を軽く叩いてあげる。

「ごめんなさい……ごめんなさい……！」

「謝らなくていいから。もう泣かないで」

「嫌いに、ならないで……お願い……お願いっ」

「嫌いになんかなるもんか。俺は彩香のことを、世界の誰より愛してるよ」

「……っ、ごめん、なさい」

自分を支える力もなくしてしまった彩香を抱き締めながら、彩香の涙が止まるのを待った。

三十分ほど経って、彩香の涙は止まった。だけど、すっかり憔悴してしまったようで、瞳もどこか虚ろだ。

胸の中で、彩香は俺の指先を弱々しく握る。泣き疲れた子供のようなその姿はあまりにも痛々しく見えた。

「彩香、今日はもう寝た方がいい」

「……うん」

彩香がベッドで横になる。手はまだ繋いだままで。

俺はベッドの脇に腰かけ、彩香が寝静まるまでそばにいることにした。だけどなかなか寝付けないのか、『ごめんなさい』と小さな声が数分おきに聞こえてくる。

「なぁ、彩香。今度の休日にでも、久しぶりにデートへ行かないか」

「え？」

「最近してないだろ？　デート。俺が休日ずっと家にいるせいで、遊びに行けてないもんな。ごめんな、彩香」

「そ、そんなの気にしてない。あなたも休日くらい、休みたいでしょ？」

「それはそうなんだけどさ。ほら、付き合いたての頃なんて、休みになると二人でいろんなところに行ったじゃないか。……まぁ、俺が連れ回してただけのような気もするけど」

「ううん。そんなことない。すごく楽しかった」

「そっか。じゃあ、やっぱりデートに行こうぜ。……っていうか、デートに付き合ってください」

「そ、そんな、こちらこそ」

彩香と二人で頭を下げ合って、一緒に笑う。やっと笑みを見せてくれた。

それからはいつものような他愛もない会話を交わした。

さっきの動画の件を話題から避けるように。夫婦の幸せな時間で、過去を塗りつぶそうとするかのように。

しばらくして、彩香は眠ってしまった。

ベッドの上で寝息を立てる彩香の頭を撫でてから、俺は彼女のスマホを開く。

『彩香の秘密を、動画サイトに流してやった。俺を裏切った罰だ』

先ほどの彩香の姿が、頭から離れない。

セックスに奥手で、押し倒すと涙目になってしまうような彩香が、あんなにも淫らに喘ぎ声を上げていた。

何度振り払っても俺の知らない彩香の痴態が、脳裏に蘇ってくる。どうしようもなく胸がドキドキと弾んでしまう。

静かに寝息を立てる彩香は無防備だ。頼りない寝間着をはぎ取れば、男なら誰もが興奮するような肢体が露わになる。そして、今の彩香は俺の、俺だけのものなんだ。

「……なにを考えてるんだ、俺は」

彩香が辛い思いをしているというのに、少しでも邪な考えを抱いてしまった自分が腹立たしい。これじゃあ、セックスのことしか考えていないようなストーカー男と一緒じゃないか。

「俺は、あいつとは違う。彩香を愛して、彩香を守るんだ」

※

暖かな日差しとそよ風に交じって花の蜜のような甘い匂いがする。

細くて柔らかい指が、俺の髪をそっと撫でている。

心地よい微睡みを感じながら、俺はゆっくりと瞼を開けた。

「おはよう、あなた」

「おはよう。あれ？　いつの間にか寝ちゃってた？」

「くすくす……あなたって、寝ていると赤ちゃんみたいな顔になるわね」

「そ、そうかな？　それより、寝てる間ずっと顔見てたの？」

「ご、ごめんなさい。あ、あの……かわいいなぁと思って……つい」

「別に怒ってないよ。それより、こっちこそ悪かったよ。ずっと膝枕してもらって。足痛くないか？」

「ううん。ぜんぜん痛くないわ」

「どこうか？」

「うーん……できれば、もう少しこのままでいたい……かな？」

「そっか。じゃあお言葉に甘えようかな。彩香の太腿、柔らかくて寝心地抜群だから」

彩香と結婚して数か月。同棲を始めたのはつい最近のことだ。

デートのつもりで近くの公園まで散歩してきたのだが、どうやら俺は彩香の膝の上で長い時間眠ってしまったらしい。

「せっかくの休日なのに、寝てばっかりだな。今度の休みは一緒に遠出しようか。どこか行きたいとこある？」

「まだこっちに引っ越してきたばかりだし、今が一番忙しい時でしょ？　無理しなくていいわよ。私は……あなたと一緒に過ごせる時間があればそれでいいの」

にっこりと微笑みながら、彩香は俺の髪を撫でてくれる。

彩香の優しさに、胸の奥がジン、と温かくなる。

「……俺、仕事頑張るから」

「うん」

「末永く、よろしくな」

「はい」

彩香の返事を聞いて、俺はもう一度目を閉じた。

小春日和の昼下がり。

なんでもない一日だったけど、俺にとってはとても大切な時間だった。

彩香という妻の存在に、心から感謝した瞬間だった。

※

「ん……んんっ」

パソコン机の上で目が覚める。

窓の向こうからは朝の日差しが差し込んでいる。どうやら寝落ちしてしまったみたいだ。

時計を見ると、すでに出社しなければいけない時間を越えていた。あとで会社に連絡を入れておかないと。

立ち上がって伸びをしてから、彩香の様子を見に寝室へ向かう。

彩香はまだベッドの中で静かな寝息を立てている。いつも早起きな彩香がこんな時間まで寝ているのは珍しい。やっぱり、昨日の出来事が相当堪えたんだ。

「無理もないな」

そう呟きながら、俺は彩香の頬にそっと触れる。

「彩香だって、寝てる間は子供みたいな顔になってるんだぞ」

さっきまで見ていた懐かしい夢を思い出しながら、俺は彼女の寝顔を眺める。

「ん……あな、た？」

彩香の瞼がゆっくりと開いた。

「おはよう。よく寝れた？」

「うん……。あれ？　私、もしかして寝坊した……？」

「まぁね。俺も彩香も大寝坊だ」

「ご、ごめんなさい。すぐに朝ご飯作るわね」

慌てて起き上がろうとする彩香を制する。

「いいよ、今日は外で食べよう。そのあとで、警察へストーカーのことを相談しに行こう」

——昨夜、脅迫メールをどうにかできないかとインターネットを使って色々調べてみたところ、『リベンジポルノ防止法』というものを見つけた。

正式名称は『私事性的画像記録の提供等による被害の防止に関する法律』。

簡単に言えば、性行為やそれに類似した行為が映った個人的な画像記録を、第三者が被写体をを特定できる方法でネットなどに掲載するのを禁止するというものだ。

この法律を盾にストーカーのことを訴えれば、きっと警察がなんとかしてくれるはず。

「彩香、起きれる？　準備ができたら警察に行ってみようよ」

「うん……あっ、でも今日はあなた仕事の日じゃ……」

「ああ、休みにしてもらうつもりだよ」

「……ごめんなさい。私のせいで」

「気にしなくていいって。俺は仕事より彩香の方が大事なんだよ。俺たちは夫婦なんだから。苦難を一緒に乗り越えるのは当たり前だろ？」

「あなた……ありがとう。そうね、警察に相談してみるのが一番よね」

彩香は少し体が重そうだったが、ベッドから起き上がって身支度を始めた。俺の方も準備を整えて、二人で平日の街へ出る。

「でも、大丈夫かな。ちゃんと警察の人、私たちの話を聞いてくれるかしら？」

「聞いてくれるさ。あの男のしていることは、明らかに法律に抵触しているんだから」

警察が動かない理由がない。

法が彩香を守ってくれる。そう思うだけで心が少しは楽になった。

「……きっと私、変な目で見られるよね。エッチなことを記録に残しておくような女だもん」

家を出てから、彩香は何度も不安を口にする。

「なに言ってんだよ。彩香はなにも悪いことはしてないじゃないか。それに、他の人間がどう言おうと俺の彩香への気持ちは変わらないよ……」

俺の言葉も、また幾度も彩香に繰り返したものだった。

そして、その言葉に小さく頷き返す彩香もまた……。

こんなに精神的に追い詰められているのに、彩香に現状を語らせるのは厳しいよな。

「警察とは俺が話すから、彩香は待合室で待ってな」

「えっ？　でも……」

「大丈夫だから。俺に任せてくれ、な？」

今日何度目かの『大丈夫』を告げながら、頭を撫でてあげると、強張った頬を少しだけ緩ませる。

ぎゅっと握り締められた手の温もりを覚えつつ、改めて決意した。

――俺が彩香を守るんだ……絶対に。

警察署に近づくにつれ、その決心は揺るぎがないものになっていった。

※

……ふざけてる。

「なんだか遅くなっちゃったわね。喉渇いたでしょ？ お茶、淹れるね？」

「あ、ああ。無理しないでいいよ」

キッチンに向かう彩香の背中を眺めながら、がっくりと椅子に腰を下ろす。

『民事不介入だから、まずは弁護士を使って内容証明を送れ』

それが、警察の人に告げられた言葉だった。ようするに、まともに取り合ってもらえなかったのだ。

本当に、ふざけてる。

「はい、できたわよ。ここに置いておくから」

「ああ。いただくよ」

テーブルの上に置かれたカップを手に取り、ゆっくりと傾ける。

警察署にいる間、ずっと待合室で待っていた彩香には、まだ彼らの言葉を伝えていない。

迎えに行った時に『どうだった？』と聞かれたけど、答えることができなかった。

おそらく彼女は、俺がなんて言われたか薄々気付いているのだろう。

「このお茶ね、料理教室のお友達からもらったの。疲れてる時に飲むと、気分が楽になるんだって。……本当に、いい香り」

ハーブティーを飲みながら微笑む顔は、やはりどこか弱々しく見える。

不安を抱えながら、無理をして笑っているんだ。

「あのさ……警察にはちゃんと言ったから。もうそんなに心配する必要はないって」

少しでも妻を励ましたい。その気持ちに背を押され、気付いたら勝手に口が開いていた。

「あっちもなんとか動いてくれるって言ってたし、きっとすぐにいい方向へ向かうと思うよ。すぐにあいつも捕まるさ」

例え嘘であったとしても、それで彩香の気分が少しでも晴れるなら。その一心で、俺は彼女の為に嘘を吐く。胸がちくりと痛むのをこらえながら。

「……そっか」

彩香の声は震えていた。

慌てて視線を上げる。

彩香は笑顔だった。涙を必死にこらえているような、悲しい笑顔だった。

「それならもう安心……だね。ありがとう、教えてくれて……」

俺はバカだ。警察署からずっとなにも言わないで帰宅して、今さらになってこんな嘘を吐いたところで誰が信じるのだろうか？

全部、わかっているんだ。ダメだとわかっていて、俺の為に嘘を信じたフリをしてくれているんだ。辛いはずなのに、俺の為に笑ってくれているんだ。

「ごめん、彩香」

「え……？」

「騙すつもりはなかったんだ。でも、本当のことを言うと、彩香が悲しむと思って」

「……いいの。あなたの気持ちはわかってるから」

「すまん。本当のこと、ちゃんと話すよ……」

俺は警察に言われた話をそのまま説明した。

「そうだったんだ……残念ね」

どこか他人事のように呟き、小さく笑う。でも、僅かに滲んだ瞳からは今にも涙が滑り落ちそうだった。

なんて情けない夫なんだろう。彼女を励ますつもりが、逆に気を遣わせてしまうなんて。

その後、俺は適当な話題を見つけることができず……沈黙の時間が流れていった。

それから一緒に夕食を食べている間も、ベッドに入ったあともしばらく無言の時間が続いていたが。

「あなたの手、昔とまったく変わってないわ。大きくて、温かくて……私の手をすっぽり包み込んで、安心させてくれるの」

そう言って、俺の手を優しく彩香が握ってきた。それから繋ぎ合った手を持ち上げ、頬ずりしてくる。少しだけ笑みを浮かべていた。

警察署での結果は芳しくなかったけど、今彩香はほんの少しだけど笑ってくれている。

それは俺と一緒にいるからなんだろう。でも、俺が家を離れたら彩香は……。

「なあ、彩香？　提案なんだけど、明日も俺……」

「それはダメ。私の為に会社をお休みするのは、今日でおしまいよ」

言葉を遮るように口を開く。どうやらなにを言おうとしてたのか読まれていたらしい。

「でも……」

「これ以上、あなたに迷惑をかけたくないの……だから、ね？　明日はちゃんと会社に行ってください」

「……わかった」

ここで強引に休んだとしても、また彩香にいらない気遣いをさせるだけだろう。

なら、言う通りに明日は出社した方がいい。

「彩香に夫がいることも伝えたんだ。無視していれば、きっとあいつも諦めるさ」

「うん……」

「もしなにかあった時は、俺が絶対に守るから。二人で、頑張ろうな」

俺はベッドの中で彩香の体をぎゅっと抱き締める。

「うん。うん……ありがとう、あなた。私はもう、大丈夫。あなたも明日からお仕事頑張ってね」

「ああ」

「おやすみなさい。愛してるわ、あなた」

そのまま彩香が眠るまで、柔らかい髪を梳くようにして撫で続けた。

第二章　仮初の平穏

翌日。俺は彩香に言われた通り、会社へ出勤した。

昼休みの休憩時間、弁当を買ってきてから俺はスマホで彩香に電話をかける。

起きているのなら声だけでも聞いて安心したかった。

しかし彩香は一向に電話に出ない。

「電源を切ってるのかな？　まぁ、ひっきりなしにメールが来てたし当然か」

我が家には固定電話がない。だからスマホの電源を切られてしまうと連絡を取る手段がまったくなかった。

「はぁ……」

否応なく胸の内に積み重なっていく不安。

出社したはいいものの、やっぱり彩香のことが頭から離れず集中できない。デスクの上には資料の山が積まれており、目に見える形で仕事が溜まっていた。

「早く帰るって言ってたのに。これじゃあいつまで経っても仕事が終わらないぞ。彩香の為にも、今日は絶対に早く帰ろう！」

その為には、まずは腹ごしらえだ。

俺はコンビニで買ってきた安いからあげ弁当の蓋を開ける。

一応、会社のレンジを使ったので温かいが、口へ運んだおかずはどこか味気ない。学生時代はそれなりに美味しく食べていたはずなのに。

「はぁ……たった一日弁当が食べられないだけで、こんなにも寂しいなんてな」

この前食べた彩香のハンバーグが恋しい。当たり前になっていた手料理のありがたみを、改めて感じる。

「でも食べないと。とりあえず胃袋だけでも満たしておこう」

ただの栄養摂取と割り切って、味わうことを考えず胃へ流し込んでいく。

「ん？　今日は愛妻弁当じゃないのか？」

ガツガツと弁当を食べていると、後ろから上司に声をかけられた。

「あ、はい。ちょっと色々ありまして……」

「ほぉ、色々……ね？　もしかして夫婦喧嘩か？」

上司の『夫婦喧嘩』という言葉に、同僚たちがざわざわと反応を示す。

「こりゃ、今日は大雪が降るかもな」

「ああいえ、違うんです。彩香と喧嘩なんて絶対にないですよ」

「そうか？　じゃあどうして俺と同じコンビニ弁当なんか食べてるんだ？」

「それは……」

一瞬、会社の仲間たちに相談するのも手かもしれない……と思った。

しかし、彩香の痴態を収めた動画の件もある。容易く他人に話せるような内容ではない。

「えっと、まだ妻が体調悪くて寝込んでいるんです」

「そうだったのか？　出勤してきたから、よくなったのかと思っていたが……」

昨日休んだ際に、上司には妻が体調不良であると伝えていた。

「もしかして、結構悪いのか？」

「は、はい。そうですね……結構辛そうでしたね」

「そうか……それなら、早く帰って面倒を見てやったらどうだ？」

「え？」

「有給、まだたくさん残ってるだろ？　こういう時に使わないでいつ使うんだ？」

「いや、でも……」

「なに。今日の君の仕事ぶりだったら、いてもいなくても変わらんよ」

「うぅ……き、厳しいですね」

「だから、早いとこ奥さんには元気になってもらわないとな」

「そうですね……」

上司だけでなく、同僚からも『早く帰って面倒を見てやれ』という言葉をもらう。

だけど、俺は首を横に振った。

「お気持ちは嬉しいですけど、やっぱり仕事は仕事なので」

「しかし、本当に大丈夫か？」

「はい。今日の分のノルマはきちんとこなしてから帰ります。妻も、それを望んでいると思いますので」

昨夜の彩香との会話を思い出す。なるべくストーカーのことを忘れられるように、俺たちはいつも通りの生活を送るべきなんだ。彩香もそれを望んでいるはずだ。

彩香のことは心配だ。でも、こうやって仕事をこなすことも彩香の為だよな。

「午後からは遅れを取り戻して、しっかり働きます！」

「……ま、頑張れよ」

「はい！」

昼休みが終わり、俺は気持ちを入れ替えて仕事に取りかかった。

※

「はぁっ……はぁっ……はぁっ……ただいまっ！」

会社を出てからも気が気でなかった俺は、小走りで家まで帰ってきた。

「彩香、帰ったよ！　彩香……？」

だが、俺の呼びかけに応える声も、いつもの笑顔もなかった。俺は不安を抱えながらリビングに入る。しかし人の気配はない。

いつもなら彩香が包丁をトントンと鳴らして夕食の準備をしているキッチンも、今は静まり返っている。

庭に洗濯ものが干されているので、少なくとも一度起きたようではあるけれど。

「まだ寝てるのかな？」

とにかく彩香の顔が見たい。

額に滲む汗を拭ってから、寝室へ足を向けた。

「すぅ………すぅ………」

ベッドには普段着のまま横たわって寝息を立てる彩香の姿があった。

「やっぱり寝ていたか」

床にはコンセントにプラグが差さったままの掃除機が転がっている。どうやら洗濯や掃除をして、そのまま眠ってしまったみたいだ。

「こんな時くらい、家事なんて休んでいいのに……」

「ん……ぐすっ」

寝返りを打って横向きになると、今まで顔が当たっていた部分にはうっすらと染みができていた。

俺が出かけたあとも一人で泣いていたのか……。

彩香の身体がとても小さく、儚いものに思えた。

このまま寝かせておきたい気もするが、安心させるという意味も兼ねて帰宅したことを伝えよう。

「彩香、彩香」

ゆっくりと上下する肩を軽く揺する。

「……あな、た？」

瞼が開く。その瞳は涙で少し滲んでいた。

「うん。ただいま」

「おかえりなさい」

身体を起こすと、泣き腫らした目でにっこりと笑う。……が、笑顔はすぐに申し訳なさそうな困り顔に変わった。

「あ……ごめんなさい！　お夕飯の準備、まだなにもしてなかったわ！　すぐに作るから、あなたはゆっくりしてて……」

慌てた様子でベッドから下りようとするが、立ち上がろうとした瞬間、腰がベッドに落ちてしまう。

「あ、あれ……？」

「まだ疲れてるんだよ。彩香は寝てていいよ」

小さく見開いた目で自分の身体を見回す彩香の頭を撫でてあげる。

「たまには、俺が夕飯を作ってごちそうするから」

「そんな！　あなたの方がお仕事で疲れてるのに……」

「いいからいいから。今の彩香に料理をさせる方が、心配で気が休まらないよ」

俺にとって彩香は本当に大切な存在だ。

彩香の作ってくれる手料理や、出迎えてくれる時の笑顔がどれだけかけがえのないものなのか……理解していたはずなのに、今日一日でより強く感じた。

だから、こんな時くらいは彩香に頼って欲しい。

彩香は少しだけ逡巡するように顔を伏せたあと、頷く。

「……わかったわ。あなたがお料理を作ってくれるなんて初めてよね。楽しみにしてるわ」

「そういえばそうだね。じゃあちょっと待ってて。すぐに作ってくるから」

「あなた……！」

キッチンへ向かおうとした足を止めて振り向く。

ベッドの上の彩香が微笑んでいた。

「いつも、ありがとう」

「……こちらこそ」

※

キッチンに入ってから、スマホで簡単な料理のレシピを調べる。

実は生まれてから一度もまともに料理を作ったことがない。

……でもまぁ、なんとかなるだろう。

「よし、やるかっ」

食器や調理器具の場所を把握しながら、レシピに沿って調理を進める。レシピ通りにだ。

そのはずなのに、本来の三倍以上も時間がかかってしまった。それでもなんとか目的の料理を作り、寝室へと運ぶ。

「おまたせ。な、なんとか形にはしたつもりなんだけど……」

お盆の上に載っている俺の初料理は『おかゆ』だった。

簡単な料理を選んだつもりだけど、結局鍋の底を焦がしてしまった。

「よ、よかったら食べてみてよ」

「……うん。いただきます」

彩香は器に入ったおかゆをスプーンで掬い、ふぅふぅと息を吹きかけて冷ましてから口へと運んだ。

「はふはふ……んぐ、もぐもぐ」

「ど、どう？　まずかったら残してもいいからな？」

「ううん、美味しい。鶏の胸肉と……しょうがも入ってる？」

「少しでも身体が温かくなった方が、気持ちも落ち着くと思ってさ」

「うん。温かい……温かくて、美味しいわ……」

「そっか、よかった」

彩香の言葉を聞いて、ほっと一息。

「……そういえば、メールの方はどう？」

「わからない。ずっと電源を切ってたから」

やっぱり。だから昼間は電話が繋がらなかったのか。

「電源は切ったままでいいかもな。どうせあいつのメールを見ても、気分が悪くなるだけだろうし」

「うん……そうする」

「大丈夫だよ。きっとなんとかなるさ。だから、今はご飯食べてゆっくり休め」

彩香は頷くと、作ったおかゆを全部食べてくれた。

「ごちそうさまでした」

「お粗末様。食器の片付けもやっておくから。彩香は休んでて」

空になった容器をお盆に載せて、部屋を出ようとしたその時だった。

「待って」

彩香に呼び止められる。

「ん？　どうしたの？」

「あ、あのね、私……あなたにちゃんと謝ってなかったでしょ？　その……最初に映像が送られてきた時も、取り乱しちゃって。だからね、ごめんなさい」

「まだそんなこと言ってるのか？　いいか、彩香はなにも悪くないんだ。俺に謝る必要なんてないんだよ」

一度お盆を床に置いて、慰めるようにベッドの上の彩香の頭を撫でる。だけど彼女の表情は浮かないままだ。

「私、あなたに昔のことを話してこなかったでしょ？　ずっと隠してきたのは私の責任だから。もっと早くあなたにすべてを話していれば、こんなことにはならなかったかもしれないのに」

「誰にだって、言いたくないことはあるさ」

投稿された映像のような内容であれば、尚さらだ。

「本当のことを話して、あなたに嫌われるのが怖かったの」

「それは前も聞いたよ。でも、俺は彩香のことを嫌いになったりしないから。それだけは信じて欲しいな」

「……うん。それでね、やっぱりちゃんと昔のことを話しておこうと思って」

昔のことか。きっと、彩香と徹也の過去についてだろう。

正直な気持ちとしては、聞きたくない。もう過去の映像だけで十分衝撃的だったし、これからは前だけを見て、俺だけを見て生きていって欲しいから。

これ以上詮索しようとは思っていなかったんだ。

でも、彩香が話したいというのなら。それで少しでも気が晴れるなら。

「わかった。聞かせてくれるか？　昔のこと」

——俺は彩香の過去を知ることにした。

それから彩香は、今まで語ろうとしなかった俺と出会う前のことについて語り始めた。

「徹也……くんとは、都会に引っ越して少し経ってから出会ったの。いきなり声をかけられて、最初は敬遠したんだけど、いつも優しくしてくれて……」

俺も知っている通り、彩香は地方の田舎町出身だ。

都会に憧れて受験を頑張り、見事合格。

だが、田舎から越してきて初めての一人暮らしに知り合いのいない学生生活……きっと不安も多かったのだろう。

同級生ともあまり馴染めず途方に暮れていた彩香は、徹也に目を付けられた。

それからは徹也を頼るようになり、徹也に気に入られるようになんでもしたという。

「バカだったの、本当に。今まで男の人に話しかけられたり、褒められたりすることもほとんどなかったから、調子に乗ってたところもあったと思う」

付き合い始めてから徹也の要求はどんどんエスカレートしていった。でも、付き合っているならそれが普通だと言い聞かされて、彩香は素直に従っていた。

「楽しんでいた気持ちも、少しはあったわ。でも……」

徐々に徹也は自らの欲望を暴走させ始めた。一日中身体を求め、断れば癇癪を起こし、最後の方では彩香に対して暴力をふるいそうになることもあったという。

「そこでやっと、徹也くんが異常だってことに気付いて……怖くなって……」

距離を置こうとしたのだが、彩香と徹也は同じ学園に通っていた。

登校すれば徹也に見つかってしまう。

しかも、彩香と徹也の関係は学園内でも噂になっており、彩香はひそひそと陰口を叩かれるようになっていたのだ。

「それで……大学を中退したの」

それからは他人と会話することができなくなり、特に男性とは目も合わせることすらできないほどになっていた。

しばらく月日が経過してからようやく外に出られるようになり、彩香はリハビリの為に図書館へ通うようになった。

「図書館なら無理に人と話さなくて済むし、昼間ならそんなに人も多くないでしょ？　だから、人に慣れるようにできるだけ毎日通ってたの」

「丁度その時、俺が彩香を見つけたんだな」

「最初はびっくりしたけど……あなたはとっても優しくて、親切で……あなたに、どれだけ救われたか……っ」

彩香はそこで涙を零し始める。

溜まっていたものすべてを吐き出すかのように、ぽろぽろと滴が彼女の頬を伝っていく。

「私が、いけないのっ……調子に乗って、なんにも考えないで、遊んでばっかりいたから、自業自得なの！　それなのに、あなたにまで迷惑をかけて……本当に、本当にごめんなさい……ごめんなさいっ」

嗚咽を漏らしながら、彩香は何度も謝罪の言葉を口にする。

俺はそんな妻の震える身体をそっと抱き締めた。

「ありがとな、全部話してくれて。彩香がそんなに苦しんでいたなんて知らなかったよ」

「……っ……っ」

彩香は俺の腕の中で首を横に振った。なにに対して否定しているのかはわからない。きっと色んな思いがごちゃごちゃになっているのだろう。

「わかるよ。俺だって、都会に出てきた時はめちゃくちゃ浮かれてたし。野郎同士で集まって夜中まではしゃいでさ、警察に怒られたことだって何回もあるよ」

受験に受かった喜びと、親元を離れた解放感で、あの頃は自由な大人になれたつもりでいた。バカなことは数えきれないくらいやった。

「彩香の気持ち、わかるよ。学生時代の失敗なんて誰にだってあるって。でも、やっぱり俺は徹也を許せない。彩香の心に傷を負わせて、今になっても追いかけてくるあいつが許せない」

せっかく忘れかけていた傷を掘り起こして抉るような真似をする徹也は、最低な奴だ。

「なぁ、彩香……。俺さ、もっと早く君と出会いたかったよ」

「……っ！」

「そうしたら、こんなに苦しませることもなかったのにな」

「あなた……っ」

彩香が俺の胸に顔を埋める。そして、子供のように大きな声を上げながら泣き始める。

俺は髪をそっと撫でながら、崩れ落ちそうになる彼女を支える。

いっぱい泣いて欲しい。

今まで一人で苦しんで、泣いてきた分……今は俺が支えになるから。

全部吐き出して欲しい。

そして、元気になって欲しい。

――そう願った。

それから長い時間、彩香は俺の胸で泣き続けた。

※

泣き疲れたのか、彩香はいつの間にか眠ってしまった。

俺は彩香をそっとベッドに寝かせて、寝室を後にした。

食器を片付けてから、夕飯を買いにコンビニへ向かった。

帰ってきてから惣菜をつまみにビールを飲む。どれも彩香の手料理には遠く及ばない。

「また、彩香の作った料理が食べたいなぁ」

一人きりだと、リビングも広く感じる。寂しさを隠すように、アルコールを呷った。

「これも全部、徹也とかいう奴のせいだ」

彩香の苦しみを知った今、徹也に対する怒りは増すばかり。

当たり散らすわけにもいかないので、ビールを飲んで誤魔化す。

「そういえば、メールはまだ来てんのかな?」

寝室から持ってきた彩香のスマホの電源を入れる。

瞬間、百通以上のメールを一度に受信する。中には、またしても動画のＵＲＬが載っているメールがあった。

「クソッ……また彩香の動画を上げやがったのか！」

心臓がドキドキと弾む。

前に見た動画はあまりにも衝撃的な内容だった。

過去の彩香があそこまで性に開放的だったとは……。

普段は見せない妻の痴態を思い出すと、嫌でも股間にどろりとした熱が流れていく。

邪な思いを消し去るように、スマホの画面をブラックアウトさせてテーブルに置く。

しかし、どうしても新しく投稿された動画のことが頭から離れない。

彩香に知らせた方がいいだろうか？

いや、今はぐっすり寝ているんだ。起こしたくはない。それに、別の動画が投稿されたと知れば、彩香の精神がもたないかもしれない。

とはいえ、すでに動画が投稿されているのも事実。

もしかしたら、イタズラかもしれない。本物なら、サイトの管理者に申請して削除してもらう必要がある。

「……………」

一応、中身を確認しよう。

ビールを飲み干してから、自室のパソコンの前へ移動した。

そしてまず、前回の動画が削除されているか確認するが、やはり彩香の痴態はそのままネットにアップされたままだった……。

しかも、再生数がかなり伸びている。それだけ彩香の淫らな姿が、多くの男たちに覗かれているということ。

こうしている間にも再生数は着実に伸び続けていく。

残酷な数字の伸びに、行き場のない怒りがふつふつと湧き上がってくる。

削除申請は出したはずなのに、どうして放置されたままなんだ！

……い、いや、まだ動画がアップされたのは一昨日のことなんだ。そうそうサイトの管理者も動いてくれないよな。

明日になったら、あるいは明後日になったらきっと削除してくれるはず。そうに決まっている。

ともかく、まずは今俺にできることをするだけだ。

そんなことを思いつつスマホの画面を確認して、新しいＵＲＬをパソコンに打ち込む。

そして新しい動画を再生した。

※

「……っ！　な、なんだよ……これは……」

映像が始まると、そこに広がっていたのはあまりにも衝撃的な光景だった。

「あっ、あっ、あぁっ……！　んはっ、はぁっ、はぁ……お、お尻ぃ……ぶるぶる震えて気持ちいいよぉ……」

俺の前ではお淑やかで清廉そのものな妻が、太いバイブをお尻の穴に咥え込んでいる。

「んっ、ふぁっ……はぁぁ〜。て、徹くぅ〜ん……早く、エッチしようよぉ〜……おねがぁい……あっ、はぁはぁっ……」

緩慢な動作で肩越しにこちらへ振り返る。あんなに大きなものを突っ込まれながら、すでに発情しきったメス犬の顔をしている。

しかも、今回はメガネをかけている。メガネをしていると、より俺の知っている彩香の面影に重なって見えた。

「あっ、あっ、あはぁ〜……おちんちん、早くっ……んっ、んんぅ〜！」

弛緩したようにぐったりと身体全体から力が抜け、アナルはトロトロに緩みきっている。滝のように流れる大量の愛液と、振動するバイブを伝って滴る腸液とが混ざり合い、股間はすでにベトベトに濡れていた。

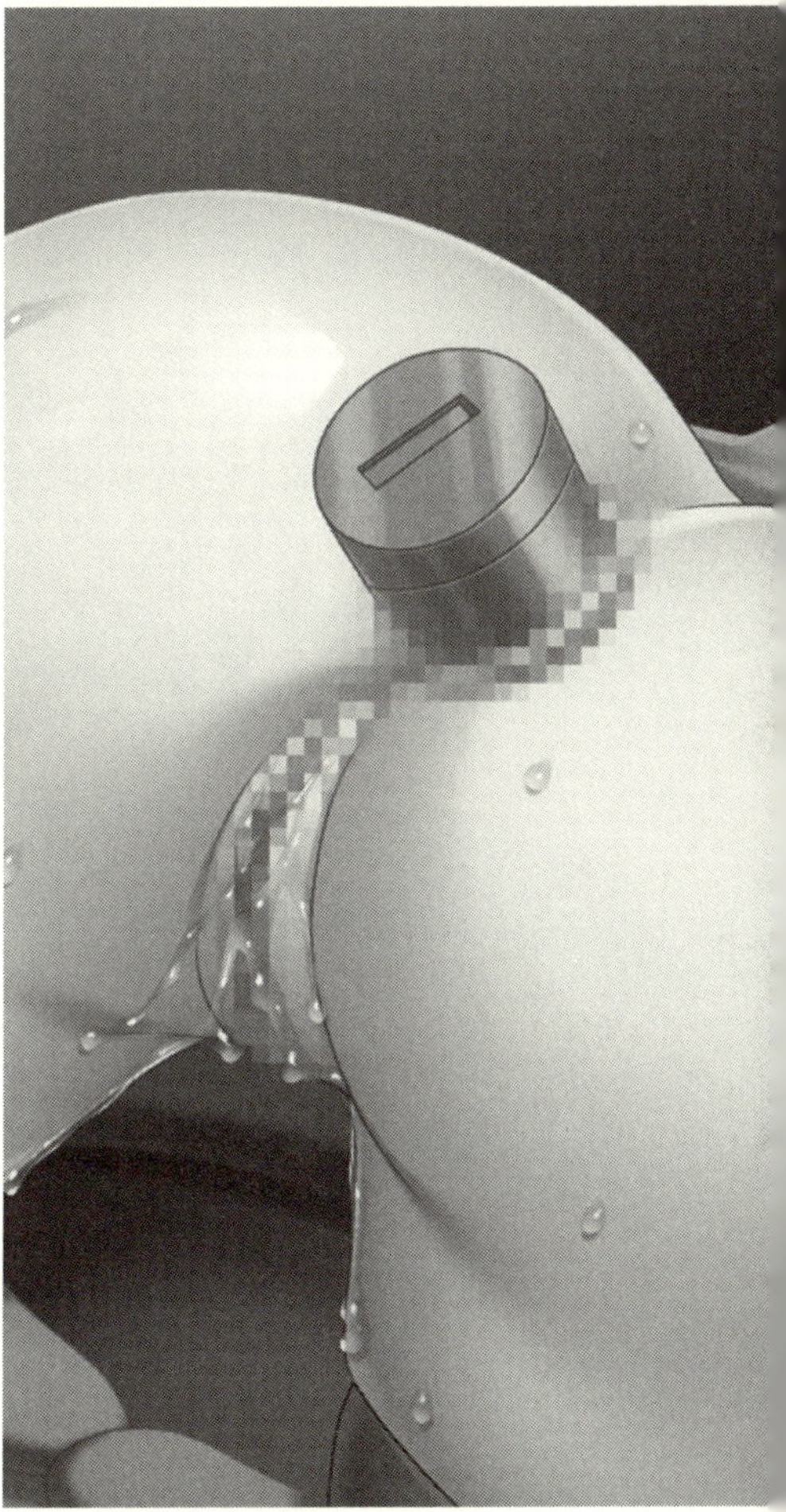

「あひぃいいん！　あっ、あぁあん……徹くぅん……い、いじわるしないでぇ……」
バイブを咥えたまま、おねだりするようにお尻を左右に振る。
どれだけ調教されたらこんなにだらしないアナルになるのだろう？　こんな状態になるまで、徹也になにをされてきたんだろう？

「あっ、あっ、あはぁ～……おちんちん、早くっ、……んっ、んんぅ～！　んっんっんふぅ！」

生まれたての小鹿のように震える足を踏ん張り、貯水タンクにしがみつく姿から、彩香がどれだけペニスを欲しがっているのかが伝わってきた。

……貯水タンク？

「あっ、ああっ、早く早く早くぅ～！　アナルでもおまんこでもどっちでもいいからぁっ、早くおちんちんちょうだいよぉ～！」

おい、嘘だろ……？

ショッキングな光景で気付かなかったけど、今になってようやく理解する。

彩香が痴態をさらけ出しているこの場所は、ベッドの上でもホテルの中でもない……。

「おいおい、気をつけろよな？　学園で、それも男子トイレの中でそんな風に喘いだら、誰かにバレちまうぞ？」

「あぁ～ん……だってぇ……んっ、んふぅっ！　ぜ、全部徹くんがいけないんだよぉっ！　朝から、今までお尻にバイブを咥えさせられて、掻き混ぜられてたんだから、我慢できなくなっちゃったんだよぉ～……んっ、んふぅ～」

でも、それがたまらなかったとでも言うように、卑猥に頬を吊り上げる。

誰かにバレるかもしれない場所で、貪欲に快楽を貪る姿に眩暈を覚える。

彩香……君はどこまで大倉徹也という男に堕とされてしまったんだ……。　あの穏やかな笑顔や、露出の少ない服の下に、どれだけの卑猥な欲求を隠しているんだ。

「ハハッ、ひっでぇ～な！　自分が変態なのがいけねぇのに、オレのせいにするのかよ？

まったく、そんないけない女にはお仕置きが必要だな？」

「ふ、ふぇぇ～？　お……お仕置きぃ……？　い、一体なにをするのぉ……？」

小さく眉を上げ、熱く、湿っぽいを吐息を零す。

「そうだなぁ……とりあえず、バイブで一回イッとけや！」

「ふあっ、ふぁあああああっー!?　お、お尻っ、いっぱい掻き混ぜられちゃってる！

はっ、はあああぁんっ!!」

バイブの小刻みな振り幅が、激しく揺れ動くものに変化した途端、貯水タンクにしがみ
つく力が増す。

快感に引っ張られるように踵が浮き、大きく舌を伸ばして半狂乱のように喘ぐ。

「や、やだぁっ、あっ、あああっー！　ああっー!?　バ、バイブでイッちゃったぁっー！

おちんちんでっ、徹くんのおちんちんでイキたかったのにっ、ひ、ひどいよぉ……」

「仕方ねぇだろ？　自分が変態のくせに、オレを悪者扱いしたんだから、もっとイキまく
れ！」

「うおっ、おおおっ、おおーっ！　あっ、ああっ、たくさんイッちゃぅーっ！」

バイブが振動するたびに、アナルから腸液が飛沫のように飛び散る。

「いやなのにっ……徹くんのおちんちんがいいのにっ、な、なんで気持ちいいのが止まってくれないのぉっー⁉」

言葉とは裏腹に、もっとバイブを奥深くまで咥え込みたいと言わんばかりにお尻を突き上げる。

爪先立ちで立ったまま、股間から大量の愛液を噴き、悶えるように貯水タンクに自分の額を擦りつけた。

「だから、さっきから言ってるだろっ⁉　彩香は変態なんだって！　お前は誰かにバレるかもしれない場所でも、バイブで絶頂しちまうメス犬なんだよ！」

「くひぃいいん！　ひ、ひどいこと言わないでぇ……そ、そんな風に言われたら、私っ、またっ……！　あっ、ああっ、あああっ……あああああぁぁぁぁーっ‼」

瞬間、大きく背筋を仰け反らせ、犬の遠吠えのように野太い嬌声を張り上げた。

「あっ、ああっ、あっ！　はぁっ、はぁっ、はぁっ……！　ま、またっ、イッちゃった。徹くんのおちんちんでイキたかったのに……結局、バイブで何回もイッちゃいましたぁ」

大きく肩で息をしながら、彩香はだらしなく口角を上げる。

「あはっ、あははっ」

狂ったように笑い、自分が絶頂に達したことをカメラに向かって報告する。

同時に括約筋が筋張るほど挟まっていたアナルが不意に緩み、腸液でねとねとに汚れたバイブをぬぽりと尻穴から吐き出した。

「んあああぁ～……ど、どうしよう……い、イクのが止まらないぃ……はぁっ、はぁっ、景色がぐるぐる回ってるよぉ～……」

口元をべとべとにし、濃密な愛液で太腿を汚し、鈍い電灯の光を反射する。

バイブが抜けて開いたままのアナルから、粘液に塗れた腸肉が大波を打つように蠢く様が覗いていた。

あれだけ騒がしかった徹也が、その淫靡な光景に魅入られたのか、いつの間にか押し黙っていた。

やがてこらえきれなくなったのか、徹也の荒い呼吸が聞こえ始める。

「はぁ、はぁ、はぁ……そんなにオレのペニスが欲しいのか？」

「……ふ、ぇ～？　ほ、欲しいけどっ……い、今はっ、ひぅっ！　ま、まだ身体が敏感だからっ……んっ、んぅ！　もう少しっ、落ち着いたらぁ……ね……っ」

「いやいや、遠慮することはないぜ？　というか、いやらしい姿をあんだけ見せられたら、もう我慢できねぇよ！　おらっ、もっとケツを上げろ！　今度はオレのでひぃひぃ言わせてやる……！」

画面が揺れ、かちゃかちゃとベルトを緩める音がする。

映像の乱れが収まると、赤く腫れ上がったペニスがぽっかりと開きっぱなしになっている尻穴に突っ込まれていく様が映し出される。

「んっほおおぉっー！　お、おちんちんっ、き、きたぁっー！」

ペニスが腸内へ強引に埋められた途端、痙攣を繰り返していた秘裂が開き、勢いよく潮を噴射する。

「あああっ、ああぁっ……ま、まだ敏感なままだからっ……だ、ダメだって言ってるのにっ……んっ、んぅっ、んひっ！」

「うおっ、凄ぇ締まるっ……！　彩香の尻おまんこっ、オレのペニスを美味しいって咥えてるぞっ？」

尻頬に食い込ませた指に力を込め、ブルリと腰を震わせる徹也。

彩香は快感に顔を歪め、口端をさらに凶悪に吊り上げた。

「あっ、あはっ、あっ、ああっ……！　だ、だって、仕方ないじゃぁ～ん！　徹くんのおちんちんっ、美味しいんだもぉ～んっ……！」

犬が尻尾を振るように腰をクネらせる。

「熱くてっ、太くてっ……私のお尻の中をごりごり削ってくれるおちんちん、もう大好き！　最高ぉ～！　徹くぅ～んっ！　早くぬぽぬぽしてぇっ～！」

グラグラと瞳を上下に揺り動かし、下顎から大粒の唾液を滴り落とす。

「ぐっ、アナル肉がカリを絡め取ろうとしてきやがる……！　まったく、とんでもないどビッチだなっ。仕方ねぇから要望に応えて、ずこずこしてやるよ！」

「おあっ、あああっ……！　き、きたぁっ！　お、おちんちんがお尻の中から抜けなくてっ、あっ、ああんっ！」

根元まで埋まったペニスが、ゆっくりとその姿を腸内から露わにする。

「んひぃいいいい！　お、大きく武張ったお亀ちゃんに、お尻のお肉をまくり上げられてっ……んああっ、あああっー！」

粘度の高い腸液がベッタリ付着した竿は、てらてらと鈍い光を反射し、どくどくと脈打つ。やがて肛門からカリ首が僅かに覗いたところで、徹也は再び思い切り腰を突き出した。

「うおおおぉっー！　んおおっ、おおっ！　おおおっー！」

そのまま乱暴に抽送を開始し、股間をしこたま肉厚なお尻に叩きつける。

「は、激しっ……あっ、あはあっ！　あっ、ああっー！　ああああっー！　す、すごいっ、凄ぉいっ……！　お亀ちゃんにっ、お尻の奥をっ、ずぼずぼ叩かれるたびにっ、お腹の奥、どんどん熱くなってぇ……んほぉ！」

足をがくがくと震わせて崩れ落ちそうになりながらも、快楽を貪るように自らお尻を突き出そうとする。

「はぁはぁっ……んっ、んひっ！　あ、頭の奥がっ、かふっ、くふぅんっ！　し、しびれちゃってっ……い、イクの、止められなぁ～いっ！」

「おぉっ！　イけッ！　イッちまえっ！」

「あっ、あひゃあああぁっー！　おああっー！　ああっー！　あああぁっー!!」

「くっはは、またイッちまったのかよ？　ほんと尻穴が好きだよなぁ、お前はっ」

白目を剥いたまま妖艶に笑い、大波を打つようにビクンビクンと背中を震わせる。

アナルの奥にスイッチでもあるのか、股間とお尻が激しくぶつかり合うたびに、秘裂がくぱぁ～と押し開かれ、大量の潮が噴き出した。

「うほおおおっー！　おおおぉっー!!　も、もっとアナルを突くまくってぇっー！」

結合部から腸液、愛液、潮……そのすべてがミックスされた淫靡な体液が滝のように流れ落ち、ニーソックスが染みだらけになっていく。

「意識がなくなっちゃうぐらい感じたいのっ、あっ、ああっー！　お、お願ぁいっ！　いっぱいずこずこしてぇっ、あっ、あはあああっー!!」

「っ！　ぐいぐいペニスを奥に引き込もうとしてきやがるっ……！　くっ、くそっ！　こんなに締め付けられちゃ長くもつわけがねぇっ……！」

苦しそうに奥歯を噛み締め、必死に腰を振る徹也に合わせて、彩香も自らお尻を振り乱す。

「おっ、おおっ……？　おあっ、ああっ……！　くひっ、ひいいぃーんっ!!」

杭を打つようにペニスがアナルを穿ち、腸液が掻き混ぜられる淫らな水音を響かせた。

「あっ!?　お、おいっ、どうしたっ!?」

不意に彩香が狂ったように髪を振り乱すのを見て、徹也が狼狽するような声を出す。

「あっ、あぁっ、あぁっ……はぁっ、はぁっ、はぁっ！ で、出ちゃいそうなのぉっ」

「出るって、なにがだよ？」

「んんぅ～！ お、お腹ぁ……いっぱいおちんちんに揺さぶられてたらっ、お、オシッコがしたくなっちゃってぇっ……あああっ！」

途端、陰唇が忙しなく痙攣を繰り返し、彩香は瑞々しい太腿を内股にして擦り合わせる。

尻穴がペニスを食い千切らんばかりに狭まり、筋張ったままびくびくと蠢いた。

「ま、マジかよっ⁉ アナルを掘られてっ、小便漏らすなんてありえねぇ！」

「んあああああぁぁぁっー⁉」

淫靡な告白に、一気に気分を昂らせたのか、我武者羅にペニスを突き入れる。

「んおおおおおぉっー‼ も、もうっ、ダメぇっー！ わ、私、出ちゃうっ、出ちゃうからぁー！ あっ、おあああああっー！」

「出すぞ出すぞっ……！ オレのザーメンを受け止めながら、だらしなく尿を漏らしちまえぇっ‼」

バチンと肉と肉が重なり合う鈍い音が鳴り響くと共に、結合部同士が密着する。

瞬間、徹也は大きく腰を跳ね上げたかと思うと、腸内に包まれるペニスから大量の精を放出した。

「あああぁっー！　あああぁっー!!　で、出てるぅっー！　んあああああ!!　ア、アナルにどろどろのザーメンがっ……はぁっ、はぁっ、はあぁぁんっ！　熱くてっ、お腹いっぱいに染みわたってぇ……んっ、ああっ……ダメダメっ！　こんなに出されたらっ、こんなにアナルの奥をびゅるびゅる叩かれたらっ、わ、私っ、もう……！」

ビクッと背筋が反り返り、彩香の身体が逆くの字に折れる。

「んっ、んっほおおおおおおおおぉぉぉっー!!」

「ぐっ、うぐっ……！　か、カリ首がぐにぐに揉み込まれてっ……!?」

彩香と同じように徹也の身体も震え上がる。映像も上下左右にシェイクされ、その見辛さが行為の激しさを物語っていた。

「だ、ダメだっ……！　射精中なのにっ、ペニスをそんなに刺激されたらっ……あっ、あぁぁっー！」

「あっ、あぁっ～……ま、また、せーえきっ、で、出たぁ……お腹の奥がどろどろに溶けちゃうよぉ～……はあぁぁんっ……」

徹也の腰が再び跳ね上がり、二度目の精を解き放つ。

腸内に収まりきらない大量の白濁液が、結合部からどろどろと溢れ出し、股間をべとべとに汚す。

その股間を覆い尽くす精液を掻き分けるように、野太い黄金の水流が便座の中に向かっ

て噴き出した。

「はぁっ……はぁっ……はぁぁっ……あ、アナルにせーえきを注がれながらっ……お、オシッコするのっ、気持ちいいよぉ……んふぅんっ」

　あまりの勢いに便器から外れ、床や壁にまで小便を撒き散らす。大学の、しかも男子トイレの中が、彩香の尿で汚れていく。

「も、もう頭の中がとろとろでっ……うひっ、うひぃんっ……わけがわからないよぉ～、はぁ、はぁ……」

　びくびくと断続的に痙攣を繰り返す肉厚なお尻を撫でながら、徹也が愉快げに笑った。

「ハハッ、マジでザーメンを受け止めながら尿を漏らすなんてっ……とんでもないビッチに育ったもんだ」

「んふぅん……そ、そんなこと、言わないでよぉ……」

「なに言ってんだ。あれだけ気持ちよさそうに喘ぎまくってたくせによぉ。もしかしたら教室まで、お前のエッチな声が響いてたかもな？」

「う、うそぉ～」

「ハハッ、悦べ彩香！　これで明日からどビッチ有名人だ！　アハハッ……！」

「う、うふぅんっ……もう、いいやぁ……私、どビッチになっちゃったぁ……どビッチ有名人最高ぉ～！　みんなぁ、私を想像して、おちんちんをしこしこしまくってね～」

※

彩香の流出動画が終了し、自室に静けさが戻る。

俺は未だ冷めやらない興奮の熱に浮かされたまま、暗転した画面を呆然と見つめる。

アナルセックスなんて、考えたこともない。やったことなんてあるわけがない。

彩香とのエッチは、肉欲ではなく愛情でしたかったから。彩香の身体を大切にしたかったから。

しかし、実際はバイブを突っ込まれ、他人のペニスを呑み込んでしまうほど開発されていたんだ。ここまで淫らな身体になるまで、一体どんな調教を受けてきたのか。俺には想像もできない。

ただ、徹也がこの動画を投稿した意味は理解できる……。

──彩香のアナルは、今も俺のものなんだぞ、と。

どんなに幸せな生活を送っていたとしても、妻の身体には徹也の残り香が強く刻み付けられている。奴はそれを俺に知らしめたかったのかもしれない。

そんなことを頭の片隅で考えつつ、俺は先ほどの映像を脳内で何度も反芻させていた。

「うっ、くぅ……！」

その時、自分の手のひらに生暖かい感触が広がった。

「あれ？　俺……なんで……？」

俺は、自分のペニスを握り締めていた。手にはべっとりと精液がこびりついている。

「俺……俺は……！」

見たこともないような妻の乱れた姿に興奮して、無意識のうちにオナニーをしてしまっていたんだ。こんなにも、ペニスを勃起させて……。

溜まっていた欲望が抜け、やりきれない気持ちが込み上げてくる。

「クソ……！」

このむしゃくしゃは、こんな動画を勝手にネットへ流した徹也に対してなのか。

それとも……淫らな行為に耽っていた過去の彩香に対してなのか。

……いや、きっと、妻が苦しんでいるというのに、その原因の映像を使ってオナニーに耽ってしまった自分自身に対して、だ。

「ごめんな、彩香」

やりきれない気持ちは罪悪感に変わり、俺は隣の部屋で寝ている彩香に謝り続けた。

※

——数日が経過しても、ストーカー男からのメールと動画の流出は止まらなかった。

無視をしても、俺がこんなことはやめるようにとメールを送っても、まったく状況は好転せず、彩香は日に日に弱っていった。

さすがにこれ以上放っておくわけにはいかないので、土曜日の昼下がりに俺は警察へもう一度連絡を入れてみた。

「もういいです……！　あなたたちに頼ろうとしてた俺たちがバカでした！」

必死に被害を訴えたが、相手の対応は相変わらず。

もっと身に危険を感じるような行動に出てからじゃないと対処ができないと言われてしまった。

被害ならとっくの前から出ている。動画が流出したせいで、彩香の心はボロボロだ。

「やっぱり自分たちの手でどうにかしないと」

あまりの苛立ちにスマホを強く握り締める。

「ごめんなさい……。あなたをこんなことに巻き込んでしまって。私、あなたの妻失格ね」

「彩香は悪くないんだから謝るな。俺たちは夫婦だろ？　結婚式で、みんなの前で誓ったじゃないか！」

頬を伝いそうな涙を指で拭ってあげながら、言葉を続ける。

「どんな困難も二人で乗り越えてみせるって」

優しく宥めてあげると、彩香は小さく微笑んでくれた。

「うん。……ありがとう、あなた」

もっと彩香に笑って欲しい。

なんとかして、彩香のことを助けてあげたい。

……でも、俺にできること、やれることって一体なんだろうか？

「なあ、彩香。辛いことを聞いて申し訳ないんだけど。元カレ……徹也がどんな男だったのか教えてくれないか？」

「え？　どうして……？」

「奴のことを把握して、対策を練りたいんだ」

「……………」

少し考えるように視線を横に逸らす。

やがてなにかを思い出したのか、ゆっくりと口を開いた。

「あの人は高校生からお金を巻き上げて、その子の先輩に返り討ちにあったり……酒で酔って気が強くなったのか、川に飛び込んで、挙句の果てに溺れかけたりするようなおかしな人よ」

彩香がポツリポツリと徹也のことを語っていく。

その中で浮かび上がってきたのは、後先のことを考えずその場の衝動で行動することが多いということ。

そして、自分のものだと思ったものに対して病的なまでに執拗に粘着、執着するということだった。

まさにストーカー気質としか言いようがない人となりだった。

「ありがとう。よく話してくれた」

当時のものとはいえ、映像で身長や顔つきは知っている。

相手は俺よりずっと小柄だし、話を聞く限り喧嘩もあまり強くないらしい。

だったら、俺一人でも撃退できるかもしれない。

「彩香。俺がその徹也って男と直接話してくるよ」

「そ、そんなっ！　もし逆上して襲いかかってきたら……」

「大丈夫だよ。もし騒ぎになったら警察に直接突き出してやればいいし」

本当に向こうが襲いかかってきたら、警察に引き渡す前にぶん殴ってやらないと気が済まないけど。

「だから、な？　俺がなんとかするから安心してくれ」

そもそも、彩香の話を聞く限り口だけで大したことがない奴にしか思えない。そう考えると急に自信がわいてくる。

俺はとんとんと彩香の肩を叩き、安心させようとする。が、妻の顔は暗いままだ。

「それなら、私も一緒に……！」

「それだけは絶対ダメだ。彩香を見たら、それこそなにをしてくるかわからないだろ？

それに……俺が、会って欲しくないんだ」

映像の中で何度も身体を合わせていた二人……。

過去のこととはいえ、彩香が身も心も、文字通りなにもかもを捧げていた相手。

そんな奴に、二度と近づいて欲しくない。

「だから、頼む。俺一人で行かせてほしい」

俺は彩香の手を強く握り締める。

「や、約束よ……絶対、危なくなったら逃げるって。もしあなたになにかあったら、私

「……私っ……！」

俺の身になにかあったら気が気ではないと、必死にすがりついてくる。

こんなにも心配してくれるなんて、本当に彩香は俺のことを想ってくれているんだな。

守るんだ、俺の手で彩香を……。

「ああ。すぐに帰ってくるよ」

そうと決まれば……。

「彩香、スマホを貸してくれないか？」

「わ、わかったわ……」

震える手で渡されたスマホを受け取り、奴にメールを打つ。

内容は『彩香の旦那だ。直接会ってケリをつけよう。まあ、ネットでしか強気になれないお前が外に出られるんだったらの話だけど』。

わざと挑発気味な文面にする。奴の性格的に、こういった文章の方が効きそうだ。

さあ、返信は来るだろうか……？

ピリリリッ！

「っ!?　もう返事が来たか」

一分も経たずに来た返信。

「あ、あなた、なんて書いてあったの？」

妻と一緒にスマホの画面を確認する。文章から、俺の存在が気に食わないというのが一目でわかる。

「やっぱり危険よ。やめた方がいいわ……」

「待ち合わせ場所は金座駅から出たところ。だから相手もいきなり変な行動には出られないはずだ。もし、なにかされたら周りの人が助けてくれるだろうしね」

「で、でも、だからといって百パーセント安全ってわけじゃ……」

「そんなに心配しなくていいんだよ。言っただろ、すぐに帰ってくるって」

不安そうな彩香を安心させるために頭をなでて、俺は徹也とメールのやりとりを続ける。

どうやら相手は今すぐでも大丈夫のようだ。

丁度この時間帯は人通りも多い。

俺は彩香からスマホを借りたまま、約束の場所に向かった。

※

休日ということもあり、予想通り金座駅は混雑していた。

多くの人が道に溢れているが、それでもこの辺りは比較的周りを見渡しやすい場所だ。

「約束してる最中は返信が早かったくせに、一時間も音信不通になるなんて……。やっぱり徹也はネット弁慶で、外で会って話すのは怖かったのか？　それとも、やっぱり旦那の俺と会うのが恐いのか……」

彩香には本当に旦那がいるとわかって、嫌がらせをやめてくれたらいいんだけど……。

それから約束の時間を一時間過ぎても、徹也らしい人物は姿を見せない。

これ以上待っても来ないかもしれないな。

……そう思い、帰ろうと踵を返した瞬間。

「あいつか……？」

映像で何度も目にした顔が、人混みを避けながらこちらに向かって歩いてくる。

本当に、過去の映像となにひとつ変わらない。髪は脱色して茶色に染まり、いかにも遊んでいそうなだらしのない顔立ち。

今となってはとても彩香と同じ年とは思えない、大学生そのままといった外見だ。

徹也と思われるその人物は、きょろきょろと周囲を見渡している。俺のことを探しているのだろうか？

「……いくか」

あの憎たらしい顔を殴り飛ばしてやりたい。拳を握り締めて衝動を抑え込みながら、奴に近づいていく。

深呼吸をしてから奴の肩を叩く。

「君が、大倉徹也か？」

「はぁ、そうだけど。……あ？　もしかしてあんたが彩香の旦那とかほざいてる野郎か？」

　初対面の相手に対してこの口振り。やはりまともな人間じゃないな。

　徹也の視線が上から下へ移動する。

「ははっ。どんな奴が来るかと思えば、冴えないおっさんじゃねぇか。彩香もバカだなぁ。俺と離れた途端、こんな男につかまるなんてよぉ」

「……っ」

　爪が食い込むほど拳をきつく握る。胃がねじれそうなほどの怒りを抱えながらも、平静を装って口を開く。

「単刀直入に言う。もう彩香に付きまとうのはやめろ」

「付きまとってねーし。つーか、あんたの方こそ彩香と早く別れろよ。邪魔なんだよ」

「彩香が迷惑してるんだ。彩香のことが好きなら、彼女の為に身を引いて欲しい」

「いやいや！　迷惑してるとかそんなワケないじゃん！　本当は俺からのメールを見ただけで濡らしてんじゃねーの、あいつ」

　自分で言った下らない冗談が面白かったのか、周囲の視線も気にせず高笑いする。

「あんたもハメ撮り映像見たんだろ？　ならわかってんだろ？　彩香は正真正銘の変態なんだよ。俺とのセックスがないと生きていけない身体なんだよぉ」

「そんなことない」

「あるって。あんたも彩香の身体に手ぇ出したんだろ？　気持ちいいよなぁ？　あいつの身体はどこにちんぽ突っ込んでも最高だからなぁ。つーかさぁ、俺が開発してやったおかげであんたも楽しめたんだぜ？　感謝してくれよな」

　頭の中が真っ白になっていく。こいつの言葉を聞いているだけで吐き気がする。

「だけどさぁ、彩香は元々オレのもんなんだよ。彩香だって、本当はオレとセックスしたくて毎日毎日おまんこ濡らしてると思うぜ。だから、早く返してくれよ……なぁ？　今なら勝手にオレの彩香に手を出したこと許してやっからよ」

　眩暈がする。ぶん殴ってやりたい衝動を、奥歯を強く噛み締めながら抑える。脳内の血管が破裂してしまいそうだ。

それでも耐える。ここで手を出してしまえば、奴の思うがままだ。

彩香を救う為に、怒りを腹の底に無理やり沈めて息を吐く。

「悪いけど、君の話はどうでもいいんだ。今、彩香は苦しんでいるんだよ。だからもう二度とメールを送ってこないで欲しい」

「嫌だね」

「そうか……。それなら、警察に連絡してもいいんだね？」

「はぁ？　な、なんでそうなるんだよ？」

「君のやっていることは法に触れているんだよ。自覚はなかったのか？　もしこれ以上君がストーカー行為を続けるようなら、俺は君を警察に突き出す」

「そ、そんなの無理に決まってんだろ？」

「『リベンジポルノ防止法』っていうのがあるんだ。家に帰ったら君お得意のパソコンを使って調べてみればいい」

「…………っ」

もちろん、警察が動いてくれなかったことはすべて伏せて話す。

それでも脅しとしては十分だ。徹也のヘラヘラとした表情が、一気に悔しそうな顔になる。いい気味だ。

「さっきまでの言動を謝れとは言わない。ただ、二度と俺と彩香に近づくな、クズ野郎が」

「チッ……」

舌打ちをしながら、なにも言葉が出てこない様子の徹也を見て、俺は思わず笑ってしまいそうになる。胸がすっと晴れていく気分だ。

しかし、最後まで厳しい表情を崩さずに徹也を威圧する。

「メールはやめろ。動画を上げるのもやめろ。俺たちに近づくな！」

「……クソッ」

「わかったか？」

「わ、わーったよ」

ようやく観念したのか、徹也はポケットに手を突っ込んだまま俺に背を向ける。

「フンッ！　あんなクソビッチ、どうでもいいんだよっ。セックスだけが取り柄の女なんか、その辺に転がってるからな」

ぶつぶつと言い訳をしながら、徹也は去っていく。

「いいか！　またメールを送ってくれれば、すぐに警察に突き出すからな！」

「っせーな！　わかってるよ！　ボケがッ！」

往来の真ん中で悪態を吐く徹也。通行人に奇異の目を向けられながら、その背中が去っていく。

「……はぁ」

深く息を吐く。

自分でも驚くほど緊張していたらしく、脱力してその場に崩れ落ちそうになる。

でも、これですべて終わったんだ。

きっと……解決したんだ。

まだ一抹の不安を抱えながらも、俺はゆっくりと妻の待つ我が家へと帰った。

※

「あなた！　大丈夫だった？　怪我、してない⁉」

家の中に入ると、玄関先で座っていた彩香が立ち上がって俺を抱き締めてくる。

「もしかして、ずっとここで待ってたのか？」

「……だって、心配だったから！」

「ごめんな。心配かけて。でも、大丈夫だ。ほら、どこも怪我してないし、元気だから」

「あぁ……よかった。本当に……」

昨夜あれだけ泣いたというのに、俺をきつく抱き締めながらまた涙を零す。

誰がセックス以外に取り柄のない女だって？

誰がクソビッチだって？

旦那の身をここまで心配してくれる妻のことを言っているとは思えないな。間違いなく、俺の方が彩香のいいところをたくさん知っている。徹也の知らない彩香の素顔をたくさん見ている。

徹也と会話している間に溜まっていた怒りが、彩香に抱き締められているだけですぅっと溶けていった。

「徹也に、会ってきたよ。ちゃんと説得してきた。もうメールは送らない……付きまとわないって約束させてきた。だからもう安心していいぞ」

「ほ、本当？」

「ああ。あいつの悔しそうな顔、見せてやりたいくらいだったよ」

「でも……大丈夫かな？　徹也くん、本当に諦めてくれるかしら？」

「俺を信じてくれ。きっと、もう平気だから」

「……うん」

彩香はまだ不安があるのか、曖昧に頷く。気持ちは俺も同じだ。確かに口約束で誓わせただけだから、百パーセントストーカー行為をやめてくれるという保証はない。

でも、あれだけ強く言ってやったんだ。きっと大丈夫なハズだ。

徹也だって、警察に捕まりたくはないだろう。

「さ、彩香。今日は一日家にいるから、二人でゆっくりしような」

それから、リビングに入って徹也とのやりとりをかいつまんで説明したあとで、俺と彩香は二人っきりの時間を過ごした。

※

翌日。今日は日曜日だ。

朝食を食べ終えた俺と彩香は、リビングでスマホの受信履歴を確認する。昨日徹也と会ってから、ストーカーメールは一通も送られてきていなかった。

もちろん、新しい動画が投稿された形跡もない。

画面を見て、ほっと胸を撫で下ろす彩香。

「あなたの言う通り、諦めてくれたのかな？」

「きっとそうだよ。あれだけ脅してやったんだ、さすがにもう手は出せないはずさ」

「そう、ね。うん……きっとそう」

彩香は自分に言い聞かせるように呟く。

せっかくの休日。徹也による被害もとりあえず収まったとはいえ、まだ彩香の表情は晴れないまま。

少し重い空気が残っているリビングに比べて、外は雲ひとつない快晴だ。

「なあ、彩香。これから一緒に出かけないか？」

「お出かけ？」

「この前も言っただろ、今度の休日にはデートへ行こうって」

「あ……」

デートという言葉に反応して、彩香の頬にほんのりと赤みが差す。

「で、でも……いいのかしら？」

「なんにも心配することなんかないって。デートなんだから、ずっと俺がそばにいるよ。それに、ここ一週間ずっと家の中に閉じこもってただろ？　日の光を浴びないと気分も晴れないぞ？」

「…………」

俺の誘いに彩香は困ったような顔をする。あの映像が流出した件があるから、他人の目が気になってしまうのだろう。だからといって、ずっと家の中にいたんじゃ精神的にもよくないはずだ。

「行こう、彩香」

「……うん」

悩んだ末に、彩香は頷いてくれた。

それから、お互いに出発の準備を整えて家を出た。

──彩香を連れてやってきたのは、結婚式場だった。

戸惑う妻の手を引いて一緒に中へ入る。

「あ、あなた？　どうしてここに？」

「いいからいいから」

俺は受付に名前を告げて、手続きを済ませていく。事前に電話で予約を入れていたので、すぐに奥へと案内された。

男女の更衣室に分かれて、それぞれで着替えを済ませる。俺は白のタキシードを身に着けた。こんな格好をしたことは今までなかったので、鏡に映る自分の姿が少し気恥ずかしい。

先に準備を終えた俺は、教会風の部屋で彩香がやってくるのを待つ。

早く来ないかな、とそわそわしながら待っていると扉が開いて彩香が入ってきた。

──綺麗だ。

それ以外の言葉が見つからない。純白のドレスに身を包んだ彩香の姿に、釘付けになってしまう。

「あ、あなた……これってどういうことなの？」

「フォトウェディングって知ってる？　結婚写真だけを記念に撮影できるんだけど……」

「それは知ってるけど、こ、こんな急に……」

「ごめんごめん。サプライズってわけじゃないんだけど、久しぶりのデートだし、いい機会かなぁと思って。俺、結婚式挙げられなかったからさ。せめて彩香にはいつかウェディングドレスを着て欲しいなって思ってたんだ」

大学を卒業して就職が決まった時、俺は彩香に思い切って告白した。その頃はお金なんてほとんど持っていなかったので、結婚式を挙げることができなかった。

彩香は『気にしてないよ』『あなたと結婚できただけで幸せ』といつも言ってくれるが、やっぱりウェディングドレスを着るのは女性の夢だろう。

それに……。

「俺が彩香のウェディングドレス姿をどうしても見てみたかったんだ……いきなりで悪いけど、撮影まで付き合ってくれないかな？」

「ううん。とっても嬉しいわ。ふふっ、でも本当にびっくりしたんだから」

「ごめんごめん」

彩香は最近で一番幸せそうな笑顔を見せてくれる。

「どうかな？　私、似合ってるかしら？」

「彩香以上にウェディングドレスが似合う人はいないね！　うん！」

「も、もう！　大げさよっ」

気恥ずかしそうに頬を染める。

「あなたも、とっても似合ってるわ。かっこいい」

「そ、そうかな？」

うわっ、一気に顔が熱くなったぞ。俺も彩香と同じくらい顔が赤くなってる気がする。

そんな俺たちを見て周りのスタッフたちが拍手をして祝福してくれる。

それがまた恥ずかしくて、でも嬉しくて……俺は何度も頭を下げる。彩香も隣で、頬を紅潮させたまま会釈していた。

そして、俺たちはスタッフの方たちの指示でポーズを取りながらたくさん写真を撮った。

彩香はスマホを家に置いてきていたので、スタッフさんに頼んで俺のスマホにも写真を保存してもらった。一生の宝物だ。俺はすぐ待ち受けに設定した。

楽しい時間はあっという間に過ぎ、終了の時間が近づく。

「それでは、最後にお二人のお好きなポーズで写真を撮りましょうか！」

スタッフに促されて、俺と彩香は顔を見合わせる。

「どうしようか？　自由にって言われると結構難しいね」

「……そ、それじゃあ、私の好きなポーズでもいい？」

「もちろん！　どんな？」

「えっと、ね……？　ちゅっ」

唇に柔らかい感触。彩香の綺麗な顔がすぐ近くにある。なにが起こったのかは、すぐに理解できた。そのまま彩香を抱き寄せて、自分からも唇を当てていく。

「はい、撮りまーす」

フラッシュが何度か焚かれて、『おっけーです』の声が聞こえる。そのあとも俺と彩香はしばらく唇を重ねていた。

どちらからともなく唇を離す。今になって思い出したかのように心臓がドキドキと鳴り始める。目の前の彩香も耳まで赤くなっている。

「こんな私だけど、これからも末永く……よろしくお願いします」

まるでプロポーズのような言葉。本当の結婚式みたいだ。

それなら、と俺はもう一度彩香にキスをして応える。

その瞬間、スタッフたちからまた拍手が巻き起こった。

照れくさいとか恥ずかしいとか、そういった感情はない。ただ目の前の彩香が愛しくてたまらない。

――それだけだった。

たっぷり写真を撮ってもらい、俺と彩香は式場を後にした。出来上がった写真は後日アルバムになって郵送されてくるらしい。

完成が楽しみだ。

それから俺と彩香はデートの続きを楽しんだ。

ちょっとオシャレなレストランでお昼を食べて、一緒に歩いて、一緒にお喋りをして、たくさん歩いて、夕暮れの景色を眺めた。

この上ない幸せな時間を二人で過ごし、彩香の顔には自然といつもの笑顔が戻っていた。

※

翌日。楽しかった日曜日が終わり、今日からまた一週間仕事に追われる日々だ。

「彩香。朝食できたぞー」

「……ありがとう」

朝、机にできたばかりの朝食を置き、彩香を椅子に座らせる。

いつもなら少しくらい体調を崩していても朝食を作ってくれる妻だったが、徹也の一件があってからは俺が代わりに料理をしていた。

「ありがとう、あなた。それじゃあ、いただきます」

テーブルの向かい側に座った彩香が丁寧に手を合わせて頭を下げる。

「ん、今日のだし巻き卵、美味しい」

「ほんと?」

「うん、とっても。お味噌汁も美味しいわ」

「この前だしの取り方を教えてくれただろ？　そのおかげかな」

「ふふっ、このままだとあなたの方が料理上手になっちゃうかも。負けないように、私も頑張ってお料理しないとね」

昨日のデートから彩香の表情はとても明るくなった。まだ不安はあると思うけど、少しずついつもの彩香に戻ってきている。

「ははっ、彩香にはぜんぜん敵わないよ。でも料理ってやってみると結構楽しいんだな。これからも続けてみようかな？」

「それなら、今度一緒にお料理してみない？　二人で作ったらきっと楽しいと思うの」

「いいな、それ！　彩香と二人で台所に立つって、なんか新鮮だな」

「そうね。ふふふっ」

彩香は本当に楽しそうに微笑んでいる。

この笑顔が戻ってきてくれただけで、胸の奥から熱いものがこみ上げてくる。

まずい。彩香の顔を見ているだけで、泣いてしまいそうだ。俺はコップに注がれた牛乳を一気に飲み干して、おかわりを取りに席を立った。

そして、涙をぐっと抑えてから再び温かな食卓へ戻る。

「どうしたの、あなた？」

「えっ？　なにが……？」

「泣きそうな顔してるわよ？」

彩香は心配そうに俺の顔を覗き込んでくる。涙を溢してはいないはずなのに、あっさりと見抜かれてしまった。

でも、俺は笑ってみせる。

男として、妻の前で涙は見せたくない。例えそれが嬉し涙であったとしても。

もう徹也の一件は終わったんだ。これからはいつも通りの日常が帰ってくる。

だから、この涙は流したくない。もうストーカー被害のことは、彩香に二度と思い出して欲しくないから。

「あなた……？」

「ごめんごめん。別に、なんでもないよ。さ、ご飯食べよう！」

「……………うん、そうね！」

それから、俺は朝の一時を楽しんだあと、身支度を整えて玄関へ向かった。

久しぶりの穏やかな朝に、思わず時間を忘れて過ごしてしまったので、遅刻ギリギリになってしまった。

「あなた、忘れ物ない？」

「問題なし！　それじゃあ、行ってくるよ」

「はい。行ってらっしゃい」

玄関先で彩香と口づけを交わし、出発する。

外は快晴だ。

「よし！　頑張ろう！」

俺は駅に向かって駆け出した。

※

酒の空き缶や弁当の容器が散らばる薄暗い部屋で、大倉徹也は女性のショーツを鼻に当てながら激しくペニスを扱く。

「彩香ぁ……彩香ぁ……」

徹也にとっての愛しい人……彩香の名前を口にしながら、すぅっと鼻で大きく息を吸い込む。

「あぁ……お前のおまんこが恋しくてやべぇよ……」

もう何年も味わっていない彼女の性器を思い出しながら、ショーツを使って必死にペニスを扱く。

「お前の処女おまんこを貫いた日は、今でも覚えてるぜ……？　お前のパイズリも、口も、手コキも、アナルも……全部、全部っ！　オレが最初なんだぞっ……！」

部屋で一人、徹也は声を出す。自分の吐き出す汚い言葉すら興奮材料にしていた。

「彩香ぁ〜! 今のお前のおまんこは、どんな匂いがするんだぁー!? お前の使用済みパンツを、大事に大事に保管してやってたから、あとで比較してやるからなぁ!」

おかずとして使っているショーツは、彩香のものだ。プレイの一環として彩香と付き合っていた頃、勝手に奪っていたのだ。

何年も何年も使い続けているせいで、元は真っ白だったショーツは見る影もなく黄ばんでいる。

「はぁ、はぁ、やっぱり、我慢できねぇ。もう一発、出しておかねぇと」

徹也は片手でペニスを扱きながら、もう片方の手で目の前のパソコンを操作する。

こっそり撮りためていた彩香とのハメ撮り映像が入っているフォルダを開く。

ずらりと、三桁以上の映像ファイルが画面を埋め尽くす。それだけの回数、徹也と彩香は身体を重ねてきたのだ。

「へへぇ……どれをおかずにしてやろうかなぁ……」

舌なめずりをしながらじっくりと吟味した末に、徹也は映像ファイルをクリックして再生させた。

映し出されたのは、徹也と彩香が付き合い始めた頃、毎晩のように通っていたホテルのシャワールーム。徹也にとっては見慣れた場所だ。

※

そこで惜しげもなく裸をさらけ出した彩香が、もじもじと身体を揺すっている。

「て、徹くん。どうしてカメラなんか持ってるの？　もしかして、今撮ってるの～？」

「撮ってるよ。なんていうか、オレと彩香の愛の記録？　みたいな。ほらほら、こっち向けよ。なんでレンズから顔を逸らすんだよ？」

「だ、だってぇ、私なんにも着てないんだよ？　恥ずかしいってばぁ」

「この前セックスしながら思いっきり潮噴いてたヤツがなに言ってるんだか。シーツまでビショビショにしてたくせに」

「あ～～～～！　もうやめてよ徹くん！　ホントに恥ずかしかったんだからね～」

彩香は顔を真っ赤にして、頬を膨らませる。

ハンディカメラで撮影した映像のため、画面が微妙に揺れている。

「わかったから拗ねるなよ。もうからかわない代わりに、撮影に付き合ってくれよ。いいだろ？　どうしてもって言うなら映像はすぐ消すからさ」

「…………し、しょうがないなぁ。それじゃあ、今回だけだからね」

「さんきゅ！　彩香愛してる！」

徹也が彩香の股間に手を伸ばして、割れ目を擦る。

瞬間、肉厚なお尻がびくんと震える。

「あ、あんっ……ふふふっ、徹くんのエッチ～」

くすぐったそうに身をよじりながらも、彩香は楽しそうに微笑む。

「なあ、彩香。今日はパイズリしてくれねぇか？」

「ぱい……ずり？」

「そのデカい乳で、ペニスを扱くんだ。彩香はいい乳してるから、一度試してみたかったんだよなぁ」

「や、やったことないよ。そんなこと」

「大丈夫だって！　な？　いいだろ、彩香？　頼むよ！」

「もぉ～しょうがないなぁ～。徹くんの言う通りにしてあげる」

そこで一旦映像は途切れる。

「ん、ん…………これでいいの？」

そして、その豊満な胸でペニスをむにゅっと挟んだ格好を撮影の彩香が画面に映し出された。

「そうそう。そんで、適当に胸を揉んだり捏ねたりしてくれ」

「えっ……じ、自分で？」

「オレはカメラ持ってるから手を離せないんだ。それに、彩香にやってもらった方がエロいだろ？」

「そうなの？　ん〜〜〜。よくわかんないけど、やってみるね」

泡に塗れた乳房が、グニグニと形を変える。

「ん……しょ……んんっ……」

彩香の巨乳に埋まって、徹也の巨根があっさりと隠れてしまった。

「ん、ふふ！　ひゃんっ……自分で自分のおっぱいを揉むのって、なんだか不思議な感じするね」

「そうなのか？　オレは男だからわからねえけど……。そういえば女の乳って揉めばでかくなるって言うじゃん。彩香も自分で揉んだりしてたんじゃねえの？」

「そんなことしてないよ。胸なんて肩が凝るだけだし、邪魔だな〜くらいにしか思ったことなかったよ」

「いやいや。巨乳はステータスだぜ。大抵の男はデカイのが好きなんだから」

「そうなの？　徹くんも、おっきい方が好き？」

「当たり前だろ。特に彩香のおっぱいが一番好きだぜ」

「そ、そう？　ふふっ、嬉しいな……」

カメラには彩香の胸がアップで映し出されていた。

細い指に捏ねくり回されて、柔らかそうな巨乳がプルプルと震えている。

録画された過去の映像ながら、まるで目の前に彩香の胸があるかのような迫力があった。

「これはいい画が撮れてるぞ～？」

「ち、ちょっと徹くん。おっぱいにばっかりレンズ向けないでよぉ」

「なんでだよ？　いいじゃねぇか」

「な、なんだか……徹くん以外の人にも見られてるみたいで……ドキドキしちゃうの」

徐々にカメラが引いていき、彩香の顔を映す。

彼女はカメラから視線を外したまま、顔を真っ赤に染めていた。

「照れてる彩香もかわいいぜ？」

「うぅ。徹くんのイジワル～」

からかわれても、楽しそうに頬を緩める。

彩香は手の動きを止めず、左右でバラバラに動かしながら自分の乳房でペニスを刺激し続ける。

「徹くんのおちんちんを抱き締めてるみたい……ちょっとずつ大きくなってきてなんだかかわいい」

自分の胸の間で大きくなっていく亀頭をうっとりとした表情で見つめる。

「大きくな～れ。大きくな～れ♪」

つい最近まで、胸を揉んだこともないくらい純粋だった女の子が、男と交わって色々なことを覚えていく……。

動きのぎこちなさや、反応の初々しさは、まだ徹也と知り合って間もない頃の映像だからこそのものだ。

「はぁ、彩香の乳は柔らかくて気持ちいいな。泡でヌルヌルしてて、すげぇエロいし勃起が止まらねぇよ。やっぱり彩香の身体は全部エロいな」

「それって褒めてくれてるの～？」

「当たり前だろ。……ほら、彩香のパイズリでオレのペニスが感じてるところ、しっかり撮っておかないとな」

「ん、んん……んしょ……ふふっ、徹くんのおちんちん、ビクビクしてる」

今度は彩香の顔と胸がアップになる。

泡だらけの肉棒が胸の谷間から伸び、彩香の顔の近くで亀頭が揺れている。

「おっぱいで揉んであげると、徹くんのおちんちんを元気にできるんだね」

「そうだぜ」

「うふふっ、初めて自分のおっぱいがおっきくてよかったな～って思ったよ」

まるで赤ちゃんを抱く母親みたいに、優しげな瞳で男根を見つめる彩香。

「はふっ……んっ……いっぱい、え～っと、パイズリしてあげるからね～」

カメラを向けられていることすら忘れているのか、彩香はうっとりした顔のまま、ただ揉むだけではなく全身を揺らしながら、柔らかい肉の詰まった乳房で肉棒を弄ぶ。

泡だらけの乳房と肉棒が擦れ合い、ぬちゃぬちゃ……という音が聞こえる。

プルプル、と胸の肉が波打ち、勃起した竿をカリ首まで覆い隠してしまった。

「あぁ……それいいな、気持ちいいぞ……！」

「は、う……んっ、えへへ、今度はもっと、ぎゅ～ってしてあげるね」

くすぐったいのか、それともペニスが勃起していくのが嬉しいのか、妖艶な笑みを浮かべたあと、左右から乳房をぐっと押さえた。

「んんっ、んんっ……はふぅ……！」

竿の部分を谷間に埋め、そのままグニグニと上下に捏ね始める。

丸みを帯び、綺麗な形をしていた乳房が、彩香自身の手によって目まぐるしく形を変えていく。

「はぁ～～徹くんのおちんちん、熱いよぉ……はふ……はっ……はんっ、きゃっ！」

夢中になってパイズリをしていた彩香の肩が、びくりと震える。

「な、なに？　い、今……ビリッてなって……あふっ！　んくっ……ひゃっ！　あ、ああ、ン！　あ、ン！」

胸を揉みながら、頬を紅潮させて喘ぎ声を漏らす。

「彩香、お前自分で胸揉みながら気持ちよくなってるだろ？　ほら、乳首もビンビンに勃起してるぞ？」

「そ、そんなこと……ないよぉ……あふっ、あぁ……あっ！　ああっ！」

否定する彩香だが、実際は徹也の言う通り乳首が真っ赤に腫れていた。赤く実った乳首を自分の指先で弾いて、媚声を上げる。

「くくく。つい昨日まで自分で胸も揉んだことなかった女が、乳首で感じてるのかよ。どこまでエロくなるんだ？　彩香の身体は」

徹也に笑われて、彩香は赤くなった頬を膨らませる。

「ぶぅ～～。し、知らないもんっ！　そ、そっちだって、すんごくエッチな顔になってるじゃんっ」

「いや、彩香の方がずっとエロいトロ顔になってるぜ？」

「むぅ～～。もう怒った。徹くんのおちんちん、射精するまでおっぱいで揉んであげるんだからっ」

頬は膨らませたままだが、本気で怒っている様子はない。

乳房を左右からさらに押し寄せて、肉棒をきつく挟んだまま激しく揉みしだいた。

「んっ、んんっ……は、あっ……あああっ！　ふっ、くぅう～～！」

胸を揉んでいる最中、コリコリに固まった乳首を巻き込んでしまい、彩香は背筋を震わせる。

おっぱいを掴み、自分でグネグネと強く揉みながら喘ぎ声を漏らす姿は、まるで自慰行為に耽っているようにも見えた。

「あんっ！　んんっ、ど、どう？　徹くん……気持ちいい？　出ちゃいそう？」

「う……あ、あぁすごくいいぞ。あと少しで……射精しそうだ」

「んっ……んんっ……イカせて、あげるから。泡だらけのおっぱいで……あ、あぁあぁン」

瑞々しくて張りのある乳房が肉棒に吸い付く。

汗とカウパーが混ざり、粘着質な泡がにちゃにちゃと卑猥な音を立てる。

泡の間から覗くコリコリに勃起した乳首が、肉棒の幹に何度も押し潰される。

「あぁあ〜〜！　ち、乳首、こりって……徹くんの熱いおちんちんと擦れて……ふぁあっ！あひんっ！」

肉がはちきれんばかりに詰まったバストを揉みながら、彩香は快楽の熱にうなされる。

「乳首、火傷しちゃいそうだよ〜〜。おっぱいでするの、こんなに気持ちいいなんて……んんぅっ！　ひゃひぃん！　あ、あぅうんっ！　んっ」

限界まで勃起し、固くなった肉棒の感触を愉しむように、甘い声を上げる彩香。間もなくして、乳房の中で男根が震え始めた。

「は、はぁ……はぁ……お、おちんちんが、震えてるよ？　ぷっくり膨れて……あ、はぁあん」

「も、もう出る……くっ……限界だ、出すぞ！」

「い、いいよ。出して。いっぱい、熱いの……ドロドロの精液、おっぱいに吸わせて！」

「うっ……出る……出る!!」

腫れ上がった亀頭が爆発し、精液をぶちまける。

「んあっ!?　あああっ！　あ、ぶ、ふぅううっ！　あ、んぁああんっ!?」

すぐ目の前にあった彩香の顔面にまで精子が飛び散った。

「ぶぶぶっ！　んひゃあっ！　あ、はぅううう……んんっ、あ、あぅうう……」

ドク、ドクと何度も脈打ちながら射精は続く。

乳房だけでなく、鼻や口、髪の毛までも白濁液に汚れる。

やがて、すべてを出し終える頃には彩香の顔は精子でドロドロになっていた。乳房も精液塗れで、谷間には精子だまりまでできていた……。

「ホントいっぱい出たね～。いつも思うけど、徹くんのおちんちん元気すぎ」

「はぁああ～～～気持ちよかった。溜まってたもの全部彩香の乳に搾り取られたな」

「ぺろ……あちゅい……せーえき。また、飲んじゃった……ふふふ」

自分の顔に付着した精液を舌で舐めとりながら、妖艶に口角を上げる。

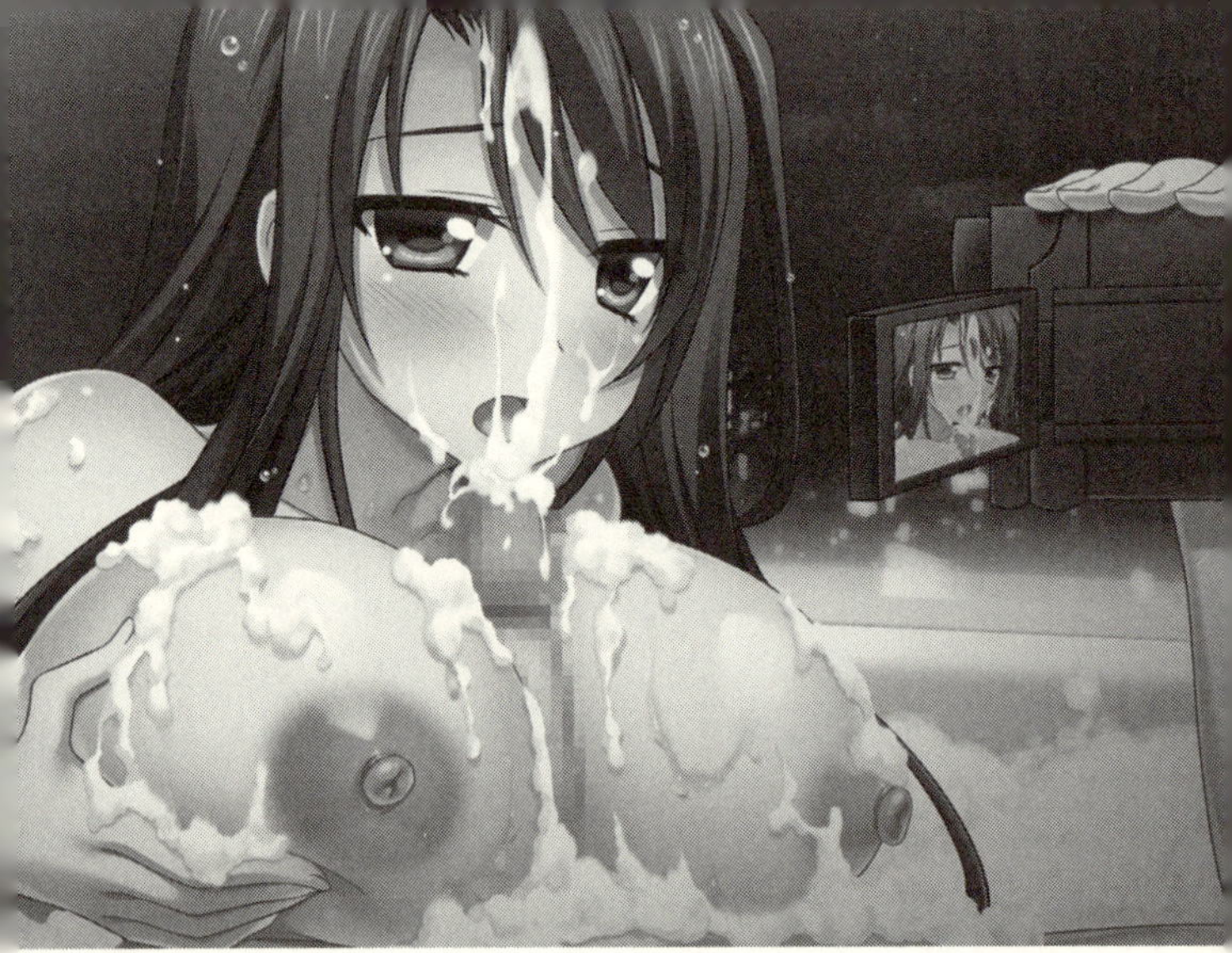

「顔もおっぱいも、徹くんの精液でベトベトだよ。徹くんの匂いが身体に染み付いちゃうかもー」
「いいじゃん。彩香はオレの彼女なんだからさ。なんていうの？　ほら、マーキングってやつ？」
「なにそれ〜？　ふふふ。徹くん犬みたい……でも、徹くんの匂いもっと嗅いでたいな。洗うのもったいないかも」
彩香は白濁液のこびりついた自分の乳房をうっとりとした表情で見つめていた。

※

「クッ……！　うぅ！」

ペニスをびくびくと震わせて、勢いよく射精する。大量の白濁液がショーツに染み込んでいき、また新しい染みを作っていく。

徹也はしばらくイッたあとの余韻を楽しんでいたが、急に怒りが込み上げてきて床を思いっきり殴った。

「やっぱこんなんじゃ満足できねーよ！　おまんこ……彩香のおまんこじゃないとぉ……」

精液塗れになったショーツを投げ捨て、徹也はパソコンの画面に張り付く。彩香と撮ったツーショット写真を表示して、画面を舐め回す。

「べろっ……はっ、はっ、はっ……お前もそうだろぉ？　なあ、彩香ぁ？　あんなクソみてぇな旦那のちんぽじゃ満足できねぇよなぁ？」

狂ったような笑い声を上げながら、徹也は立ち上がる。射精した直後だというのに、屹立したままのペニスをズボンの中に収める。

「あのバカ男。金座で会ったあと、オレに尾行されてることにまったく気付かねぇんだもんな。笑っちまいそうになったぜ。ま、あんな鈍感男だからセックスも下手なんだろうなぁ」

徹也はスマホを操作して液晶画面に地図を表示する。現在、彩香が住んでいる場所を示した地図だ。

——徹也は祐二の説得に納得してなどいなかった。

あえて引き下がったフリをして、その後祐二を尾行して自宅を特定していたのだ。

「警察に通報する？　どうでもいいね、そんなこと……。オレは彩香とセックスがしたいだけなんだよ」

スマホを手に、徹也は自分の家を後にする。

向かう先は……。

「待っとけよ、彩香。もうすぐ会えるからなぁ」

「そういえば、丁度今日よね。私とあの人が初めて出会ったのって」

彩香は夫を見送ったあと、アルバムを広げながら彼と出会った頃のことを思い出していた。

過去の彩香は毎日のように徹也と身体を重ねていた。それが彼女にとっての幸せでもあり、快楽でしか物事を考えられない頭になっていたのだ。

そんな自分が異常だと気付き、徹也から逃げようとした。しかし逃げようとしても彼は執拗に付け回してきた。

結果、精神的にも肉体的にも疲れ果てた彩香は学園を辞め、住んでいた場所から引っ越したのだ。

「そこを助けてくれたのがあの人……私の大切な旦那様……」

二人が付き合いを始めた頃の写真を、そっと指でなぞる。

「図書館でいきなり声をかけられた時はびっくりしちゃったけど、あなたは私にたくさん話しかけてくれて、いっぱい笑顔を見せてくれたのよね」

徹也の歪んだ愛情と、クラスメイトからの冷ややかな視線。自分の事情を知った両親にも呆れられ、他人に対して恐怖しか感じられなかった彩香に唯一手を差し伸べてくれたのが、祐二だった。

「全部、私の自業自得よね……。こんな私をあなたは優しく抱き締めてくれた。それがどんなに嬉しかったか……」

夫のことを考えるだけで、胸の奥がじんわりと温かくなる。今でも初恋の頃のように祐二を想うだけでドキドキする。

「よかった、あなたと出会えて。大好きよ……」

感謝と愛情を伝える言葉。何度口にしても足りない。

「あなたがいなかったら、私はどうなっていたか……」

溢れてくる夫への気持ち。

ただ思ってるだけじゃダメだ、と彩香は思う。言葉だけでは伝えきれない思いを、一生をかけて形にしていくんだ。

「そうだ、今日はあの人の大好物をたくさん作ってあげましょう。最近、妻として怠けすぎだから挽回しないとね」

そっとアルバムを閉じて机の上に置く。

「あの人とあとで一緒に見られるように机に置いてっと。ふふっ、あの人に報告しなきゃ。今日は出会った記念日だから大好物がいっぱいよ……って」

最近は怖くて、あまり触れたくなかったスマホを取り出し、軽い指先で夫へメールを送った。

「……あれ？　おかしいな。いつもならすぐ返ってくるのに。お仕事、忙しいのかしら」

待てども待てども夫から返事は来ない。

きっと今頃、会議でもしてるのだろう。

「お仕事ご苦労様です。あなたの為に、私も張り切ってお料理しないと」

彩香はスマホをポケットにしまい、冷蔵庫の中身を確認する。ここ一週間ほど買い物に出ていなかったので、すでに食材は底をついている。

「やっぱりなにもないか……。買い物、行かなくちゃ」

彩香の脳裏を不安がよぎる。一人で外出しても大丈夫だろうか？　住んでいる場所は知らないはずだけど、もし外を歩いている時徹也に見つかったりしたら……。

「ううん、大丈夫。あなたがちゃんと話をしてきてくれたものね。徹くんだって、もう私になんて興味ない、よね……」

自分自身を奮い立たせるように、彩香は胸元をぎゅっと押さえる。その時、ふわりと自分の手のひらを夫に包まれたような気がした。

彩香がふさぎ込んでから、夫はいつもそばにいてくれた。不安な時は手を握り締め、抱き締めてくれた。

今はそばにいないけど、すぐ近くで見守ってくれている……。そんな気がする。

その時だった。ポケットに入っていたスマホが振動した。

「ひ……っ！」

思わずビクッと彩香の肩が跳ねる。ずっと徹也のメールに怯える毎日だったのだ、無理もない。

だが、メールを送ってきたのは過去の男ではなく愛する夫から。彩香の身体を震わせていた恐怖が一瞬にして消え去っていく。

彩香は深く息を吐きながら、夫からのメールを確認する。

「ふふっ、あの人ったら」

思わず表情が綻ぶ。

メールは彩香の料理を楽しみにしているという内容だった。なんとしても仕事を片付けて、急いで帰るから。でも、無理は絶対にしないで欲しい……と。

文面にいくつか誤字が見えるのさえ、彩香は微笑ましく思う。

たった一通のメールだが、とても温かい気持ちで満たされていく。

「ありがとう、あなた。そうよね……最近、ずっとあなたに頼ってばかりだものね。私にできることは、あなたに美味しいお料理を用意することくらいだけど……精いっぱい作るから」

もう恐怖心はなかった。彩香は身支度を手短に済ませて、一人で家を出た。

愛する夫の喜ぶ顔を思い浮かべながら、彩香は自然と笑顔を浮かべていた。

※

食材をたっぷり買い込んだ彩香は、両手で買い物袋を持ちながら帰路についていた。

「ちょっと買いすぎちゃったかしら？」

一人で運ぶには少し量が多くなってしまった。

でも、最近はずっと祐二のお世話になりっぱなしだったのだ。これくらいで恩を返せるとは思わないけど、せめて帰ってきた夫にお腹いっぱいごちそうしてあげたい。

「今日はあなたが食べたいって言ってくれたハンバーグも用意するから。他にもいっぱい、あなたの大好きなお肉料理を作ってあげるわ」

彩香は買い物袋に詰め込まれた食材を見ながら、完成した料理がテーブルに並ぶ光景を想像する。帰ってきた夫と二人で楽しくご飯を食べる……それはきっと素敵な時間だ。

「ふふっ……早く帰って料理を始めないと。あの人の方が先に帰ってきちゃうかも」

よし――と、買い物袋を持つ手に力を入れて、少し急ぎ足で歩き出す。

商店街を抜けて、路地に入る。

朝と夕方は学生や会社員がよく通る道だが、昼下がりの今の時間帯は閑散としている。

この道を抜ければもう我が家だ。

彩香は料理の手順を頭の中で考えながら、弾むような気持ちで家に向かっていた。

……とんとん。

その時だった。誰かが彩香の肩をそっと叩いた。

彩香は反射的に振り返る。

「……はい？」


「よお、元気だったか？　彩香」


彩香の背後に立っていたのは、徹也だった。

彼はまるで昨日も彩香と会っていたかのように、気さくな笑みを浮かべている。

対照的に彩香は目を剥いて固まっていた。さっきまでの楽しい気分は一瞬にして凍り付いてしまう。

「あ……あぁ……」

開いたままの口からか細い声だけが響く。徹也の変わらない姿を見ただけで、彩香の脳内は真っ黒に塗りつぶされた。

「探してたんだぜ？　でも、まさかこんなところに住んでたなんてなぁ。っていうか、引っ越すなら教えてくれよ」

親しげな声で話しかけてくる。それが彩香にとってはこの上なく不気味に見えてしまう。

徹也は笑顔を浮かべたまま、彩香の首に腕を回す。それだけで彩香の身体は小刻みに震え始める。

「オレたち、恋人同士だろ？」

「……っ！」

──違う！　そんなんじゃない！

そう否定の言葉を口にしようとした。しかし、喉が麻痺しているかのように声が出ない。

徹也が近づいてきたことで恐怖はより色濃くなり、震えが止まらない。

徐々に手に力が入らなくなり、彩香は買い物袋を地面に落としてしまう。

「あーあー。なにやってんだよ。卵が割れてぐちゃぐちゃになってんぞ？」

「あ……っ」

卵の黄身が漏れ出した買い物袋を見て、彩香は思い出す。──夫のことを。

「こんだけ買い込んで、パーティーでもするワケ？　あっ、もしかしてオレが迎えにくることわかってたのか？　もしかして、これ全部オレの為に買ってくれたの？」

「ち、が……」

「ハハッ。彩香の手料理なんて久しぶりだなぁ。ま、料理もいいけど、それより今はもっと別の楽しいことがしてぇな」

徹也の笑顔がいきなり歪む。そして、彩香の身体をぐっと自分に近づけて胸へ手を伸ばす。指先が卑猥に蠢き、服の上から彩香の乳房を鷲掴みにする。

「きゃっ！　いやぁっ！」

咄嗟に、彩香は徹也の身体を突き放した。

「へへ、へへへ……やっぱお前のおっぱいは揉み心地最高だなぁ」

「や、やめてっ！　私はもう、あなたとは関係ないの……！　私には、心に決めた夫がいるんだから！」

「……チッ！」

言葉が出てくる。彩香の夫に対する想いが、恐怖心を抑えていた。

徹也は舌打ちをすると、表情を一変させる。眉間に青筋を浮かべ、歯を剥き出しにして怒り狂ったような顔を見せる。

「うるせぇな！　オラッ！　とっとと行くぞ！」

「やっ、来ないでっ！　け、警察に連絡するわよ……」

「黙れっ！　メス豚が！」

「んっ、んんんんーっ⁉」

近づいてきた徹也は、強引に彩香の口を塞いで抱きかかえる。そして、すぐそばに停車させていた車の後部座席へと彩香を押し込める。

そのまま自分も後部座席に乗り込み、鍵を閉めた。

「いやっ！　いやあ！　て、徹くん……こんなこと、もうやめようよ……っ」

「あぁぁぁぁー!!　黙れ黙れ黙れっ！」

車内に鋭い音が響く。徹也が、抵抗する彩香の頬を思いっきり叩いたのだ。

「い、いたいっ……いたいよ……徹くん……きゃっ！　やめっ！　あぁっ！」

目尻に涙を浮かべる彩香の顔を、何度も何度も叩く。やがて彼女の頬は真っ赤に染まってしまった。

「あ……あぁ……」

再び蘇ってきた恐怖で、彩香は涙を零しながら動けなくなってしまう。そんな彼女の両腕を縄で縛り上げ、徹也は運転席へと移動する。

「ハハ……ハハハ……やった、やったぞ……ふふっ」

ハンドルを握りながら、ヒステリックな笑い声を上げる徹也。それからはなにも言わずに、車を発進させる。

両腕を縛られ、後部座席でぐったりと横になっている彩香は恐怖に震える。

もう『助けて』と、胸の中で叫ぶことしかできなかった。

助けて、あなた……！

※

彩香がたくさん料理を作って待っていてくれる。久しぶりに妻の手料理が食べられる！

今日一日そのことだけを考えて働いてきた。上司も驚くほどの働きっぷりで、いつもより早く仕事を片付けることができた。

意気揚々と帰路につき、あっという間に我が家へ帰ってくる。

「ただいまー……って、あれ？」

帰宅した俺を出迎えたのは、真っ暗な我が家だった。

「なんで灯りが消えてんだ……？」

絶対点いているはずのリビングの電気すら消えている。

「……彩香？　もしかしてまた寝てるのかな？」

足早に寝室へ行ってみるも妻はどこにもいない。

すぐに踵を返しリビングへ向かう。しかし人の気配はまるでない。ただ、机の上に二人の思い出のアルバムが置いてあるだけ。

「いない……ど、どこに行ったんだ？　彩香！」

背筋に冷や汗が流れる。

家の中を隈なく捜すが、やはり彩香はどこにもいない。

「ま、まさか……」

　——ピリリ。

「……っ」

途方に暮れていたその時、スマホが震えて一通のメールを受信する。

「彩香からだ！　……でも、なんだこれ？」

メールにはなぜかＵＲＬだけが記載されていた。

俺はいてもたってもいられなくなり、カバンから取り出したノートパソコンを急いで起動した。

震える手でパソコンを立ち上げ、送られてきたＵＲＬにアクセスする。

繋がったのは怪しげなライブチャットのサイトだった。

「おーい、彩香の旦那ー！　見てるかー！」

画面には全裸姿の徹也が映っていた。全身から嫌な汗がぶわっと噴き出す。

「今から彩香を犯すから、お前はそこでおとなしく見とけ」

いる。


「お願いっ……！　やめて、やめて、やめてぇえええ！」

その時、徹也の背後から女性の声がした。聞き覚えのある声。俺の愛しい人の声に似ている。

い、いや、そんなはずはない。似ているだけだ……本人のはずが、ない。

「まだ抵抗するのか⁉　お前はおとなしく喘いでおまんこでも濡らしとけ！」

次の瞬間、カメラが映し出したのは……服をすべてはぎ取られた彩香の姿だった。

「いっ……いいいぃいぃいっ……！」

ゴミが溢れる部屋で、彩香が徹也に暴力を振るわれている……。

思いがけない展開に、頭の中が真っ白に染まった。

「……あああああああっ！　あああああああああっ！」

俺は叫び声を上げながら、思わず画面から目を逸らす。

「ど、どうすればいいんだ……どうすれば、どうすれば……っ！」

ま、待て……落ち着け。もう少し動向を探ってから……。まだ本物の彩香だと決まったわけじゃないんだ。合成とか、今の時代なら色々やりようがあるはずだ。

「や……やめて！　お願いだからやめてっ……！」

「うっせーな！」

「……！」

画面に視線を戻した瞬間、彩香が思い切り頬を叩かれる光景を目の当たりにして、大きく眉を上げる。

「だ、ダメだ……そんな悠長なこと言ってられない！」

異常すぎる徹也の行動に考えを改め、すぐに警察へ電話をかけた。

今まで不愛想な態度だった警察も、俺の焦り声に事態の深刻さを察知したのか、すぐに捜査を始めると申し出てくれた。

「大丈夫ですか？　すぐに助けますので、落ち着いてください！」

「お、お願いします！　一刻も早く、妻を……助けてください！」

「それでは、発信元をお調べしますのでサイトのURLを教えていただけますか？」

「えっ、でもっ……でも……」

警察とはいえ、彩香のあられもない姿を見せることに抵抗がある。それも過去の映像ではなく、これは間違いなく『今の彩香』だ。

俺の妻として、添い遂げてくれると誓った……愛する妻のあられもない姿だ。

「三崎さん？　お気持ちはわかりますが、奥様を助ける為にはURLが必要なのです。ですから、早く教えてください」

「……っ」

俺はなんてバカなんだ。

一時の恥よりも彩香の安全の方が大事だろ！

「わ、わかりました！　どうか妻をよろしくお願いします！」

「はい、お任せください」

ＵＲＬを伝えると電話が切れる。

瞬間、パソコンから悲痛な叫び声が聞こえてきた。

「ひっく、わ、私は……あの人……祐二さんのものなのっ」

「はいはい。そういうのいいから。おら、早く愛し合おーぜ！　昔のように！」

「あ、あ、あああ……あああっ……！」

配信先で俺の名前を呼び、必死に抵抗を続ける彩香……そんな妻の姿を、呆然と眺めることしかできない。

「やめて、離して……！　私はもう徹くんのものじゃないって、何回言えばわかってくれるのっ⁉」

彩香は両手を頭の後ろで縛られている。そして大きく勃起したペニスは妻の秘裂に、押し付けられるようにぴったりとあてがわれていた。

「ああ？　オレのおまんこ奴隷になるって約束したじゃねーか？　それを忘れたとかひどくねーか？」

「そ、そんなの……過去の話よ……今の私は……もう結婚してるの。だから、やめて」

「……ちっ、生意気な口の利き方をしやがって……こりゃあ一から躾け直すしかないなぁ。どうせ、旦那とは淡泊なセックスしかしてねーんだろ？　久々にこのエロい身体を満足させてやるよ」

「やだっ……やめっ……ひぅう！」

　下卑た笑みを浮かべつつ、彩香の脇の下をねちっこく舐め回す。

「れろ……れろれろ、れろ……おーい、旦那様よぉ。今から彩香をオレのおまんこ奴隷に再調教するから、そこで黙ってせんずりでもしとけよ！」

「お願い……お願いっ……！　あなた、見ないで！　こんな、んぅ、ん、ん……！　み、みっともない姿、見ないでっ……！」

　舌先が脇をくすぐるたびに、びくびくと身体を小刻みに震わす。

「見ないでとか言いながら、おまんこが濡れてきてるぞ？　さすが彩香だな」

徹也が腰を動かしながらペニスを秘裂になすりつけると、ピチャピチャという濡れた音が、画面の中から聞こえてきた。

「ん……んんっ!?　ち、違う！　か、勘違いしないで……！」

「脇を舐められて、びくびくしてる奴に言われても信じるわけないだろ？　素直に認めろ。他の男に責められて感じてますって旦那に言ってやれよ」

「か、感じてなんか……ない！　お、夫以外の男の人にされて、感じるわけなんてないっ、んんぅ！　あ、あなた……せっかくの記念日なのに、ごめんなさいっ」

徹也の言葉を必死に否定するが、秘裂はうっすらと愛液で濡れている……それは奴の言う通り、彩香が感じている証拠だった。

「おっ、そうだ。なあ、彩香。そろそろ脇を舐められるだけじゃ物足りなくなってきただろう？　このでかぱい、触ってもらいたいんじゃないかぁ……？」

「そ、そんなこと……！　や、やめてっ！」

逃げようとするが、徹也の両手が彩香の胸を掴んでしまう。

「ん、んんんんん……！　ん、ん、んんん、んっ！　う、ン、ああっ……！　ンひゅぅっ！」

「はははははは、脇舐められた時よりも感じてるじゃん！　ま、それも当然だよなっ？　この胸はオレのペニスを扱いて感じる、エロ胸だもんな!?」

指先が乳肉の中に埋没していく。それだけ強く徹也が揉みしだいているんだ。

「ほら、もっと喘いで淫乱な姿を見せてやれよ！」

「や、ん、ひゃあああっ！　そ、そんな乱暴にもみもみするなんてっ……!?」

「こうされるのが気持ちいいんだろ？　正直になれよぉ、な？」

「んんんんん！　ン、んんんっ……んっ！　あ、ん、ん!?」

二つの豊満な胸が、お互いを巻き込むように捏ね回される。

その刺激を受け、彩香は懸命に下唇を噛み締め、必死に喘がないように耐えている。

「ううっ、うううううううっ……う、う、んん、ふ、ん……んんっ！」

「へへッ、ほら、頑張れ頑張れ！　ちゃんと口を閉じてないと、旦那にエッチな声を聞かれちまうぞ!?」

言いながら、胸の先端で硬く勃起する乳首を指の腹で転がした。

「ん、んんんっ……！　あっ、あああああっ……んんんんんっ!!」

「ハハッ、今危なかったなぁ？　思わず喘ぎそうになっただろっ？」

乳首を思いっきり引っ張り上げられた途端、口を開けそうになった彩香の顔を、ニヤニヤと覗き込む。

「耐えろよ耐えろよー？　じゃないと旦那が悲しんじまうぜぇー？」

「ん……あっ、あっ、あっ、あっ！　んうううう……！」

今度は胸を左回しに捏ねくり回す。それだけじゃなく、指の腹で柔肉の中に乳首を乱暴に押し込んだ。

「や、やめ……！　やめ、んんん、あああ、あ、んぅううっ！」

「やめるわけないだろ⁉　オレは旦那の前で無様に喘がせたいんだからよぉっ！」

「んんんんんんんんんっ……⁉　んひ、んひぃっ……んふぅううう⁉」

ぐにぐにと胸の形が歪に変形するほど、乱暴に揉みしだかれ続ける。その強烈な刺激に、彩香は目を見開いて悶絶し、がくがくと肩を震わせた。

俺がいくら頑張っても見ることができない彩香の淫靡な姿を、徹也は胸を揉むだけで見ることができる……。

自分より奴の方が彩香の身体を知っているという事実に、俺は愕然とした気分になる。

だけど、彩香は苦しんでいる。俺の為に必死に耐えようとしている。

身体には過去の傷跡が残っているかもしれない。けど、心はまだ俺に寄り添っている。

「んふ、んひっ、ひぃいっ、くひぃいいいいいんっ！」

「よくそんなになっても耐えようとするな？　昔はセックスのことしか考えられないようなビッチだったのに……くそぉ、すぐに前と同じように戻してやるからなあ」

「ん、んや……う、んんん……も、もう、あんな風には、ならないっ……んひゃあっ、んんんんっ！」

「また胸が大きくなったな……あれ以上、大きくならないと思っていたのに。まるで男に揉まれたくてしょうがないって言ってるみたいだ」

下から乳房を振動させるように触り、そのまま曲線に沿っていやらしい手つきで胸を撫で回す。

「お前、胸を隠す服じゃなくて、ばっちりと胸元を開くような服着ろよ？ 彩香の胸は男に見られて揉まれることを望んでるんだからさ」

「んやっ……勝手に、決めないでぇ……んぅうううっ、くぅんっ！ はぁ、はぁ」

重さを量るように、手のひらで乳房を弾ませられる。そのたびに、彼女の白い喉が上下する。

「ううううう、うううううう、うふっ……うふっ、ん、んんんっ」

「今から証拠を見せてやるから、ちゃんと自分でも確認しろよ？ このエロ胸は男に弄られる為にあるっていう証拠をな！」

勃起した左右の乳首を親指と人差し指でつまみ、思いっきり引っ張る。

「あぁぁあああっ……や、やめてぇっ！ もうやめっ……ん、あっ、ああん！ あ、ああ……ああああああぁっー⁉」

「ほら、見ろ！ 胸をこんな風にされて喘ぐ女なんてなかなかいないぞ⁉ お前が特別エロいからこんな風によがってるんだよ⁉」

「ご、ごめっ……ひゃああ！　ごめんなさいっ……！　ん、ああああああ、やめてー！　お、お願いだから……お願いっ、お願いっ、お願いぃっ……!!」

「誰がやめるか！　乳首が真っ黒になるまで胸を弄りまくってやる！」

「あああ、あ、あああ……！　ごめんなさい、あなた、あなた……！　見ないで、こんな私を見ないでっ！　お願いだから見ないでぇっ……！」

まるで牛の搾乳だ。豊満な乳肉の中身を搾り取ろうとするかのように揉みしだかれている。乳房が卑猥な瓢箪型に変形し、乳白色の肌が徐々に朱く染まる。

根元から絞られるのがそんなに気持ちいいのか、彩香は口端から濃密な涎を垂らし、ついに大きく喘いでしまった。

「んあぁあああああ!!　あぁ……いやっ、いやぁっ！　エッチな声なんて出したくないのにっ、んっ、んふぅっ！　な、なんでっ、出ちゃうのよぉっー！　あっ、あぁっ！」

「はぁはぁっ、しかし本当にデカい乳だよな？　これだけデカいと、さぞかし母乳が似合いそうだ。へへッ、今から孕ませて出るようにしてやろうか？」

「いやぁあっ！　絶対、いやっ！　んんん！　そんなの、あぁあっ！　絶対いやぁああっ……！」

「昔、種づけした時に孕んでおけばよかったのに。そうしたら、毎朝この胸から搾りたての母乳が飲めたのになぁ」

「ああっ、あああ、ん、ひゃああぁっ！ む、昔の話は、やめて……！ き、聞きたくない」

「うんうん、今からでも間に合うよな。よし、搾乳の練習でもしてみるか」

「そ、そういう意味じゃ……あ、あんっ！ んんん！ あ、あああああ、ン、あ、あ、ああぁぁああっ……⁉ そ、そんなに引っ張っちゃダメっ⁉ いやぁああ……引っ張っちゃダメなのぉっ！ はぁ、はぁっ、ご、ごめんなひゃい！ あなたぁっ……！」

ぷっくらと膨らんだ乳首を根元から先端にかけて押し出すように摘み上げられた途端、身体全体を大きく仰け反らせる。

「うっほぉおおおおおおおおおお、おおおおおおおお、おほっー！」

だらしなく舌を伸ばし、卑猥に頬を吊り上げる姿は、過去の動画で見た快楽を貪る彩香そのものだった。

「ははは、いい喘ぎ声だ！ これこそ彩香って感じだなっ？ 乳が出るようになったら、イキながら母乳を噴出するようになるんだぞ？」

「ひあああああっ、やらぁああああ……うひぃ！ うひぃいいい！ おっ、おふっ、おふぅう……！ あひぃいいいいい、あふ、あふ、ぶひぃいい⁉」

まるで牛の乳からミルクを噴出させるように、両方の乳首を小気味よく引っ張り上げる。

そのたびに、彩香は小さな肩をガタガタ痙攣させ、スピーカーの音が割れるほどの嬌声を張り上げた。

これが女性の喘ぎ声なのか？　下品すぎて、彩香が発したものだと受け入れることができない……。

「あひぃ……ん、はぁ……はぁ……はあっ……」

「へへッ、久しぶりにお前の素晴らしいイキっぷりを見ることができたぜ。彩香にメス牛の才能があることもわかったし、最高だな！」

絶頂を終えたあとの彩香はだらしなく舌を伸ばし、ぐったりとしている。

久々の快楽に身体が驚いてしまったと言わんばかりに、瞳が宙を彷徨っていた。

「口が涎でベタベタじゃねぇか？　ハハッ、胸だけでここまで絶頂する女なんて、この世に彩香くらいしかいないよなぁー！」

「う、うぅ……そ……そんな、ことぉ……な、ないっ……わ、私、イッてない……」

「ははは ッ、今さらそんな冗談が通じるかよ？　これを見ている旦那も今頃、オレと同じことを思ってるって。なあ、彩香。その感じだと相当たまってるみたいだな？　旦那はへたくそなのか？」

「はぁ……はぁ……ち、違う……あの人は……あの人は優しくて……」

舌先からポタポタと大粒の涎を垂らしつつ、力なく徹也を睨みつける。

そんな彩香を見て、奴はバカにしたように鼻で笑った。

「ふんっ、優しいだけで満足するタチじゃないだろうが。おら、マン汁が太腿までどっぷり垂れてるのがわかんだろ？」

確かに、徹也の言う通りだ。まるで下半身だけ水に浸かったのかと思うほど、ぐしょぐしょに濡れている……。

「これが、お前が旦那で満足できてなかったなによりの証拠だ」

「違う……違う……そんなこと、ないぃ……」

「じゃあ、この口元から伝い落ちている涎はなんだよ？　普通にしてたら、口から涎が出るなんてみっともないことは起きないだろ？」

「はぁ、はぁ……らってぇ……ん、んぅ……もう……もう……」

ああ、これも徹也の言う通り。

人生の中で、こんなにも大量の涎を口から出すことはありえない。あるとすれば、さっきみたいに口を開きっぱなしにして喘いだ時くらいだ。

「う……うぅ……ちがう……私は……あの人で……」

「お前、舌をしまうことすらできないのか？　……いや、それとも、元々しまう気がないのか？」

舌を伸ばしたまま、必死に首を横に振り続ける姿を見て、奴は口元を歪に吊り上げる。

次の瞬間、徹也は彩香の後ろ髪を鷲掴みにし、自分の唇を妻の唇に押し付けた。

「んんん!?　んんぅ！　んんん、あぅ、んんんぅぅうっ！　ン、んぅ……！　やめ、やめれなくて」
「オレとのキスを旦那に見せつけたいなら早く言えよ？　悪かったな、誘いに気付いてや
……んぅぅ、あっ！　ああっ……！」

だらしなく舌を伸ばしていたせいで、キスをねだられていると誤解された彩香。

目を見開き、なんとか離れようと首を振るも、徹也はお構いなしに唇を貪り続ける。

「んんっ！　もう……やめっ！　おね、ん、ぁぁっ！　ン、んんぅ……！」

「あー？　なんて言ってるかわかんねーよ」

「ン、んんん……ひゃっ⁉　ん、うぅぅっ‼　わた、し……あ、あの人のっ、お、奥さんなの……！　もう、やめて、こんなの……あああっ、もういやぁっ……！」

「んー？　旦那に徹くんとのディープキスを見てもらえて嬉しいって⁇　よくそんな大胆なこと言えるなー」

淫らに舌を絡め取られ、うまく彩香が喋れないのをいいことに、自分に都合のいい解釈をしては、凶悪な笑みを浮かべる。

「んんん⁉　ち、ちが、あ、あああっ！　んふううぅっ……！」

「おおっ、そこまで大胆に舌入れてくる？　仕方ねーな。まっ、男としておねだりされたら、叶えてやらなくちゃだよな！」

「うひゅんんんんん⁉　ん、んんぅ！　ん、あ、な、なんでっ⁉　あ、あっ……！　ン、

ひゅ、ん！　あ、あぁん！　あ、ン！　ん！」

「オレは彩香が言わなくても、なにをして欲しいのかわかってるぜ？　ほーら、乳首ごと捏ね回されてのキスは最高だろう……？」

「違うって、言っ……！　ん、んんっ！　あ、あ、ン！　んん⁉」

違うと否定しても、徹也は聞こえないフリを続け、意地悪く乳首ごと胸を揉みしだく。

口の隙間からはいやらしく絡み合う舌が二つ覗き、ぴちゃぴちゃと淫らな水音を奏でていた。

見ようによっては、彩香から舌を絡めているようにも見えてしまう。

「あ……ん、んんぅ……んぅ、んぅ、ん、あむっ、んぅ、あむっ、んぁああ、あんっ！

あ、あぁあ……あぁあ！　いやぁ……んむっ……やあ！　ん、ん、んっ！」

「こんな蕩けた顔してるのに、なにがいやなんだか……おら、もっと口を開け」

「ん、んんんんんっ……⁉」

この配信を見ている者がいるとするならば、すぐに切ってほしい。

この配信を警察も見ているとするのならば、どうか今すぐ切ってほしい。

自分の妻が他の男に感じさせられているのを知られる……それは男としてひどく屈辱的なことだった。

「乳首がますます勃起してきたぞ？　もしかしてまた摘んでほしいのかっ？」

「ン、んん⁉ んや、やあ、やめっ……！」

「へへッ、そんなにして欲しいんだったら早く言えばいいのによぉ……水臭いな！」

「ンンンンンッ⁉ あ、あひぃっ！ あむっ、んんんん……んんっ！ あひ、あひぃ、あひぃいいいいいい！ ん、んんんんんっ……！」

再び両方の乳首を乳房ごと引っ張るように摘み上げると、彩香はキスをしたまま絶頂してしまう。

「あははは……旦那さーん、見てるかい？ あんたの女が他の男とキスしながらイッてるぜぇ！」

「うひゅ、ひゅ……ち、ちがっ……あ、ン……あぁぁぁぁっ……」

「まだそんな口を利くのか？ どうやら、もっとお仕置きが必要みてぇだな！」

※

「んぶぅうううううっ⁉」

正座させられた彩香の口の中に、徹也の剛直がねじ込まれる。

絶え間なく胸と口を犯され続けてきた彩香は、十分な抵抗もできず成されるがままになっていた。

「んごぉっ⁉　んぐっ、お、おえ……おぉ……んじゅるる……んんん〜っ！」

「はぁ……久しぶりのフェラ気持ちいいぃ。喉奥にコリコリ当たって、たまらないぜ。ホント彩香の口の中はおまんこと変わんねえよな」

「んんん〜っ」

「お前も口を犯されて気持ちいいんだろ？　前みたいに涎ダラダラ垂らしながら喘げよっ」

「お、おごっ……お、ぉおおっ……ん、ぉあぁああ……」

彩香は涙と涎を零して白目を剥きながら、辛うじて首を横に振って否定の意思を見せた。

体力の限界を迎えても、彩香は必死に徹也に逆らおうとしていた。

……他でもない、俺の為に。

「そうか……上の口の方も調教し直さないとダメみたいだなぁっ！」

「おごっ！　もがっ……んぉ、おおおっ！　おえ、おえええっ……んじゅっ、ちゅぽっ、ふんむぅうう！」

「気持ちいいだろ？　オレのペニスが大好きなんだろ？　ほら、味わえよ！　喉の奥で味わえよ！」

「や、やめっ、やめへっ……んぶぶっ⁉　じゅぽぉ、んぐぅううっ！　あ、おっ、んおぉおお！」

髪を振り乱して喉に突き刺さった肉棒から逃れようとするが、徹也はそれを嘲笑うかの

ように腰を振って口内を犯す。

　徐々に膨れていく男根が、彩香の喉穴から頬肉までをも擦り上げていく。

「ははは。首振ると喉奥がうねって気持ちいいな。口ではいやいや言ってても、サービス精神旺盛だな、彩香は」

「ひ、ひがっ！　ひょうひゃにゃ……んぶぅううう⁉　ひゃめっ……ご、ぉ……おおっおえぇぇえ……」

　喉の奥まで突っ込んで、強引な抽送を繰り返す徹也。

「んぶぶぶっ、じゅぷっ……ぺちゃっ、ちゅぴ……んんふっ」

　体力だけでなく意識までも削り取られ、彩香の身体がダラリと脱力する。口の端からは、掻き混ぜられて泡となった涎が滴っていた。

「んぼっ、ぶぶぶっ……じゅぱっ、じゅぷぷ……お、ぉおおお～」

「だらしない顔しやがって。今の旦那にはフェラチオしてないのか？」

「ぉ、おごっ……んはっ、はっ……はひゅっ」

唇とペニスの間に空いた僅かな隙間から、酸素を求めて息を吸い込む。

奴の問いかけに耳を貸す余裕などない様子だ。

「どうなんだよ？　答えろよ！」

「んほっ、ほっ……んぐぅうううっ！」

徹也はゆっくりと円を描くように腰を動かし始める。ペニスと唇がさらに密着したせいで僅かな隙間も埋められ、彩香は呼吸困難に陥ってしまう。

喉に亀頭を押し当てられ、擦られる。

飲み込めない唾液が唇を濡らして零れ落ちていく。

「んんんっ！　んんんんん～～～っ！」

残った力を振り絞り、赤く染まった顔を振ろうとするが、髪の毛をしっかりと掴まれているので逃げ出せない。

喉を塞がれたまま、彩香の瞳から光が失せていく。

「んぶっ……お、ぉおお……はひっ……はっ、んが……お、ごぉ」

「おっと。勝手に気絶するんじゃねえよ」

口端から泡を吹き出す彩香を見て、さすがに気おくれしたのか、腰を引いて呼吸をするスペースを作る。

「ぶはっ、うはぁ……はぁ……ん、はぁ、はぁ」

もうほとんど余裕がないのか、それとも本気で命の危険を感じたのか、彩香は肩を微弱に震わせるばかりだ。

「苦しそうだな。もうこんな苦しい思いはいやだろ？　イラマチオされたまま死ぬなんていやだよなぁ？」

「ふ、ふぁい……い、いやれす……んっ」

惚けた表情で弱々しく頷く姿を見て、徹也がおかしそうに笑い声を上げた。

「それなら、前みたいに彩香の方からフェラして気持ちよくしてくれよ」

「し、しょんなぁ！」

「拒否するっていうなら、もう一度喉穴に突っ込んで呼吸できなくしてやるぞ？」

「う、うぅ……わ、わかり、まひた。んちゅっ……ぷぁっ、じゅぷ、ちゅぷぷ……はぁっんれるっ、れるん」

唾液の水音を発しながら、彩香がねっとりとした舌遣いで徹也のペニスを舐め回す。

「じゅぽっ、じゅぽっ、じゅぷぷっ……ふぁ……れろれろっ、ぺちゃっぴちゅ」

赤黒く、グロテスクな竿が唾液塗れになって淫らな光沢を放っていた。

「ちゅぷ、れるれる……ぺろんっ、ちゅぱ……んはぁ……ちゅ、ちゅううっ……んちゅっ。れる、れるれる……ちゅぷぷ、んはぁ……はぁああ……あむっ、じゅぷぷ」

最初こそ抵抗していたものの、フェラが始まると、彩香は瞳を潤ませながらペニスに吸いついた。

血管の浮き出た竿を万遍なく舐め、カリに舌先を伸ばしてカウパーごと掬い取る。そして自ら顔を前後に振り、小さな唇を窄めてペニスを扱きまくる。

「熱が入ってきたじゃねえか。やっぱり、身体はオレとセックスしたことが忘れられないみたいだな？」

「そ、そんなんじゃ……ないわ。んちゅっ……ちゅるるっ、んふっ……はやく、終わらせたいだけよ」

「ナマイキなこと言っても、発情したメスの表情になってるぜ」

「ち、違うっ……違うって言ってるのに……れるっ、ちゅるっ……んんはぁ……ちゅぱちゅぱ」

「カメラの向こうで旦那も見てるぜ？　彩香が他人のペニスを美味しそうに舐めてるところをな」

「んちゅっ……あなた、ごめんなさい……ごめんなさいっ」

目尻に涙を溜めて謝罪の言葉を口にする。

「誰がやめていいって言った⁉　おら、続けろ！」

「ぐぽぉおおっ！　んんっ、んんんっ⁉」

突然喉奥まで突き入れられたペニスを押し返そうと、彩香は舌を使って亀頭を撫でる。

「んぷっ、んんっ！　ちゅぱちゅぱっ、ちゅるっ、ずちゃ……れろ、れるんっ、ぴちゃ」

許しを乞うように、熱を入れてフェラを繰り返す。さきほど気絶寸前まで追い込まれたのがトラウマになっているようだ。

優しくて、清楚で、いつも俺のそばで笑ってくれた彩香が、怯えながらも必死に戦っている。身も心もボロボロになりながら。

もう見ていられない。あまりにも痛ましくて、悲惨な光景だ……。

「そうそう。それでいいんだ。やればできるじゃねえか」

「ぶちゅっ、ちゅぱぱっ、んっ……ちゅるんっ、ずちゅずちゅ……ぐぽぐぽっ、ずぷ」

「うっあ……彩香はやっぱりオレのツボがわかってるな。裏筋まで丁寧に舐めてきやがる」

「んじゅっ……ちゅるる、ぜ、全部、早く終わらせる為、なんだから……んちゅっんっ、じゅぷ、じゅぷ」

なにも感情が込められていない目でドクドクと脈打つペニスを眺め、ひたすら頭を振る。

「徹くんの、おちんちん……お口で全部射精させれば……んっ、これ以上、ひどいことされずに済むものっ……んっ、んぷっ」

「ククク。精々頑張れよ」

「んふっ、れるれるっ、ぐぽ、じゅぽ、じゅぽ、じゅぷぷぷっ、んっ……れるれるっ、んふっ……ずずずずっ」

徹也の下卑た笑みは、彩香の抵抗が無意味だと示していた。

多分、フェラで何度射精させても、徹也の性欲は尽きないだろう。

いや、その前にフェラを続けている彩香の方が、先に体力が尽きてしまうかもしれない。

それでも彼女は、これ以上徹也の好きにはさせまいと、必死にフェラする。

過去何度も徹也に調教され、仕込まれたテクニックを駆使して。

「そうだよなぁ……恐いよなぁ……胸も口も犯されたら、残ってるのは……女の子の一番大切なあそこしかないもんな」

「っ!? じゅぷ、れる……れるれる……ん、ぐすっ……んぁ、はふっ、じゅぷじゅぷっ」

「おほっ、また早くなりやがった！ へへッ、本当は期待してるんじゃねぇのか？ また俺のペニスでおまんこめちゃくちゃにされたいんだろ？」

「ち、ちがっ……そんなわけないっ……んじゅ、じゅぷっ、れりゅっ……んっ……イッて、早く、イッてよぉ～！ んむっ、ちゅぷっ……んはっ、じゅぱっ……じゅるる」

映像が始まった頃に比べて、明らかに抵抗力がなくなってきている。もはや徹也に対して強気に出ることはなく、まるで奴隷のように許しを求めている。

そんな彩香の様子を見て、徹也は恐ろしいほど冷徹な笑みを浮かべた。

「ククッ……そうだな。このまま全力でフェラしてオレをイカせてくれたら、彩香を解放してやってもいいぜ？」

「んぽっ、ほ、ほんと……？」

「オイ、誰が口利いていいって言ったよ⁉」

「おひぃいい！　んぽっ、ぐぽっ、じゅぶっ！　じゅぽっ、じゅぶぶっ！」

彩香の頭を掴み、激しく揺する。唾液と涙を撒き散らしながら、極太の男根が小さな口内を出入りする。

「うっ……く……ああ、本当だよ。解放してやる。だから、頑張ってフェラしてくれよな？」

「んっ、ふ、ふあぁい！　あっ、んぶっ、じゅずずっ、んぷっ、んじゅっ、ぷっ、んぶ」

——嘘だ！

徹也は一度、俺の前で彩香には二度と手を出さない……と嘘を吐いた。そうでなくても、あんな奴の言うことを信じちゃいけないっ！

しかし、彩香に俺の気持ちは届かない。画面に映っているのに、すぐそこに見えているのに、妻がどこにいるのかすらわからないのだから。

「これで、終わるっ……か、帰れる……んじゅっ、んんんっ、んぶぅううう！」

もうまともに思考する余裕すらないのだろう。彩香は徹也の言葉を信じて、より淫らに、より激しく行為に没頭する。

激しい前後運動の最中でも、彩香の舌はしっかりとペニスに抱きつき、刺激を与え続けていた。

「んぼっ、ぼぉっ！　お、じゅぼっ、じゅぷじゅぷっ、んんん～！　ぐじゅるるるっ！」

メガネを落としそうになりながらも、激しいフェラで彩香は感じ始めていた。

それまでは苦悶に眉を顰めるだけだったのが、瞳をトロンと微睡むようなものに変化させている。

過去の動画で何度も見てきたからわかってしまう。この目は、彩香が快楽に浸っている時の目だった。

「はぶぅっ！　んぶぉっ！　んっ、んっ、んじゅぅっ！　じゅくっ、じゅっ、じゅるるっ」

「うっ……はぁ、はぁ……イクぞ！　彩香の口内に、また精液ぶちまけてやる！　口の中に精液の臭いが染みつくくらい、盛大に射精してやるよ！」

「んぐぅ!!」

喉の奥にペニスが差し込まれると同時に、徹也の身体がブルッと大きく震えた。

「んぷっ……!?　うぶぅうううううう!!」

ついに限界を迎えたペニスが、彩香の喉奥で弾ける。

一瞬で彩香の頬が膨れ上がり、入りきらなかった精液が口端から勢いよく溢れ出る。

「うっ、ううぅんむぅ！　ごきゅ、ごきゅっ……んぐっ、んぐっ」

喉を鳴らして、注がれ続ける精液を飲み干そうとするも、白濁の洪水は次々と妻の喉に激しく打ちつけられる。

「う、うぉ……喉が脈打って……くぅうう……搾られるっ」

「んぶぅうううううっ‼　んがっ、あうっ……お、おぉおっ」

口から精子が弾け飛ぶ。

飲み込むよりも前に、精液が再び喉穴に撃ち込まれる。

「おぐっ、ぐおっ、おっ、おおおぉっ……！　んぶぅっ、んっ、んぐぅうう！」

グラグラと上下に揺れていた瞳が瞼の裏に潜り込み、目端に大粒の涙が滲む。

粘り気のある精液が喉に絡まっているのか、うめき声を上げながら顔を異常なまでに赤くした。

そして……。

「ぶふぅううううっ！　げぇえええええっ‼」

ついに彩香の口内の許容量を完全に超え、鼻からも精液が溢れ出す。

「あぶぅううう！　んげっ、おえっおえええええっ、んぐぅううっ、ぶ、ぷぅううう」

脳天にまで精液の臭いが突き抜けていくかのように、彩香は身体を震わせながら絶頂する。涎と鼻水と涙、そして精子で顔をべとべとにしながらも、だらしなく頬を緩ませる。

その表情は、彩香が確かにこの淫らな行為で絶頂に達したことを示していた。

「ほごおぉっー！　おおおっー！　んくぅっ、ぐふううぅっー!!」

徹也は腰を振って、尿道に残っていた最後の一滴まで彩香の口に精液を注ぎ込んだ。

「はぁ、はぁ……久しぶりのフェラ、最高だったぜ……彩香」

「あ、あへ……うぷっ……おえ、うぇええ……あ、んぐっ……おえええ」

精液で溺れた彩香は、満足に返事もできず白濁を口と鼻から垂らし続けた。

「んっ、けほっ、げほっ……はぁ、はぁ……でも、これで、解放してくれるのよね？」

「ああ。そうだったな。それじゃあ、そろそろ約束通りに解放してやる！　これが彩香の欲しかった解放だろ？」

「……え？　きゃあっ！」

解放という言葉にすがり、フェラチオに体力を使い果たしてしまった彩香。もはや自力で立ち上がることもできないだろう、その生まれたての小鹿のように震える儚い身体を、徹也は強引に引きずり上げる。

「な、なにするの？　お願い……やめてっ……やめてぇっ……」

悲痛な懇願など一切無視して、徹也は彩香の股を開かせる。

俺も彩香と同じように、届くはずのない言葉を叫んだ。

「やめろ……もうやめてくれ。これ以上、彩香を苦しめないでくれ！」

しかし、俺の言葉も彩香の想いも徹也には届かない。さらにきつく両腕を縛られて、天井から吊した縄に拘束される彩香。

「もうやめて……お願いします……これ以外のことだったら、なんでもしますから」

膝を折り曲げた状態で片脚をも縛られてる異常な状態なんだ。怖がって当たり前だろう。ただ、彩香の視線が向く先にある恐怖の対象……それはなんだ？

「オレがさっきので満足する人間ではないってのは彩香が一番わかってるだろ？　今からもう一度、オレのおまんこ奴隷として躾けてやるからな……！」

徹也が一歩足を踏み出そうとした瞬間、彩香が悲痛な声を張り上げた。

「やめて、本当にやめてぇぇぇ！　私は、あの頃に戻りたくないのっ……！」

泣きそうな顔で懇願するも、秘裂は物欲しそうに小さく開閉を繰り返し、次々と愛液を零している。

「ひっぐ……ようやく普通になれたのに……幸せになれたのに……お願い！　もう私にかかわらないでぇっ！」

言葉とは裏腹に身体が快楽を求めている妻を見て、徹也はおかしそうに笑った。

「オレさあ……お前と別れたあと、風俗やら出会い系やらで女をとっ捕まえてヤってきたけどさ、まったく満足できなかったんだよ」

そう言いながら徹也は妻の肢体を指でなぞる。

「やっぱり、オレを心から満足させられるおまんこ奴隷はお前しかいない……だから、次こそはっ、絶対に逃がすわけにはいかないんだよっ！」

「いやっ！　いやあああっ！　戻りたくないっ……！　あの人との幸せな家庭を壊すことは絶対にいやなのっ！　お願い！　お願いだからぁっ……！」

懇願する彩香の下半身へと指を這わせて、奴は愛液でずぶ濡れになっている割れ目を愛撫する。すると彩香の身体がびくりと大きく反応した。

「ひうっ！」

「ククク……ほら見ろ、お前の身体はあの頃に戻りたがってるぞ？　少し触れただけでこんなにいい反応してよぉ……本当はオレに犯されたくて仕方ないんだろ？」

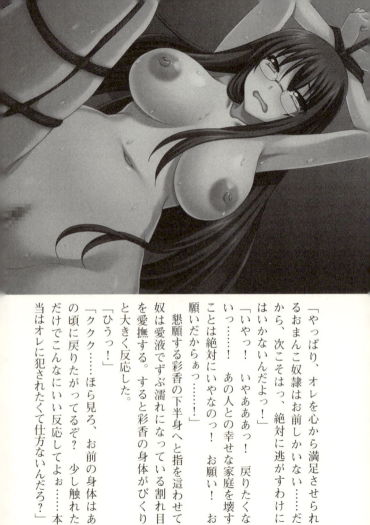

「そ、それは……勘違いだからっ……！　徹くんの勘違いだから！　んっ、んんっ！　お、お願いっ！　手に握ってるものをしまって……！」

徹也が取り出したのは、バイブだった。先端を秘裂に添えただけで、悲鳴のような喘ぎ声が上がる。

「はー？　なんでだよ。彩香はバイブ大好きだったろー？　おら、欲しくてたまんないだろ？　これでおまんこをぐちゃぐちゃに犯して欲しいんだろ？」

「そ、そんな、ん、ことない……ああんっ！　ひい、いいぃいぃ！」

「まだ入れてないのに、こんなに腰を震わせて……やっぱ、身体がコイツのよさを覚えてるんだな？」

「いやっ、これ以上はやめてっ……本当にもう、限界なの……」

このままではバイブに犯されてしまう。

彩香は必死に腰をクネらせて逃げようとするが、無情にもその先端が秘裂の中にねじ込まれた。

「ン、あああぁぁぁっ……！　一気に、一気になんてっ……ひ、ひどいぃっ……!?」

まるで自分から吸い込んでいるかのように、彩香の秘裂はずぶずぶとバイブを根元まで呑み込む。

「いやっ……いやああああっ!?　あの人のおちんちん以外のモノが入ってくるなんてっ！

抜いてぇっー！　早く抜いてよぉぉぉっ……！」

「さすがオレのペニスを咥えてたおまんこだな。少しほぐさなきゃと思ってたけど、こんくらいのバイブなら簡単に入っちまうか」

膣内から大量の愛液が派手に飛び散り、股間をしとどに濡らす。歓喜するように蠢く陰唇の中から、包皮が剥け、真っ赤に腫れ上がったクリトリスが露わになった。

「……いや、もしかしたら昔より緩くなってるのか？　そこら辺どうなんだよ？」

「し、知らないっ……そんなこと私が知るわけないいじゃない……」

「ふーん……じゃあ、今から膣圧がどうなってるのか調べてやるよ。そのついでに、オレに仕込まれたおまんこを、じーっくり旦那に見せてやろうな？」

言いながらバイブの取っ手の部分を掴み、円を描くように動かした。

「あーっ！　ダメ、ダメぇ、ん、あああっ!?　あ、あん！　あんっ！　あっー！」

膣内を乱暴に捏ね回される刺激に、彩香は大きく目を見開き、腰を小刻みに震わせた。

「ば、バイブでぐりぐりしないでぇっ……！　痛いっ……い、痛いからっ、あっ、ああっ」

「ハンっ、もっとしてくださいの言い間違いじゃないのか？　さっきよりも甘く喘いでるくせによ！」

ぐちゅぐちゅと愛液が掻き混ぜられる音が響き渡り、秘裂が大きくその形を変形させる。

「おら、久々のバイブは美味いだろ？　……おっ、押し出そうとするくらいの膣圧は残ってるじゃねぇか。ま、これくらいの圧がないとオレのペニスの形を覚えられないしな。よしよし、あとの為にいっぱいほぐしておいてやる」

「いや、いやっ……！　あ、んんっ。もう抜いてぇっ……！　い、一生の……あ、ああ、あああ⁉　んぅっ……一生のお願いよぉっ！」

「おいおい、そういう頼みはもっと感じてないフリが上手くできてからやれよ！」

「ひぎぃぃぃぃぃっ！　な、なにぃっ……⁉　なにがっ、あっ、あっ……い、いやあああああぁぁっ⁉　壊れ、んんん、ああ、ああ、あああぁぁぁっ！」

秘裂にはすでにバイブが一本挿入されている。だというのに、徹也はバイブをもう一本挿入しようと、僅かにできた隙間から膣内にねじ込もうとした。

膣口を強引にこじ開けられる苦痛に、彩香は大絶叫を上げる。

股間から大量の愛液が滝のように滴り落ち、太腿をビショビショに濡らした。

「無理、そんなの絶対入らないからっ……んぐぅぅっ、こ、壊れちゃうぅ！」

「旦那に長い間おまんこを使わせてたみたいだからな。まずはバイブを使って奴の形を忘れさせてやる。そんで、まっさらな状態に戻ったら、じっくり時間をかけてオレの形に戻してやる……へへッ、覚悟しろよ？」

「いやあぁぁっー！　あ、あの人の形をっ、んっ、んっ！　く、崩さないでぇっ……私の愛してる人の形を、壊さないでぇー！」

「うるせぇっ！　お前が愛してるのはオレだろうがっ！　おらっ、力を抜けぇっ！」

俺を『愛する人』と呼んだ瞬間、徹也は勢いよく眉を吊り上げ、バイブを握り締める手にさらに力を込めた。

「おおおおぉーんんんっ!?　おん、んおおおっ……！　ひぎぎぎっ、ぎぃーーー！」

ピンク色の襞肉がめくれ上がり、腫れ上がったクリトリスが押しつぶされる。

そのあまりの衝撃に妻の口から聞いたこともないような嬌声が上がる。

「さ、裂けちゃうっ……！　お股が裂けてっ、し、死んじゃうぅー！」

「ははははは！　全部入ったな！　やっぱ彩香のおまんこは凄ぇー！　赤ん坊を産むところってここまで広がるんだなっ!?」

みちみちと肉が軋むいやな音を鳴り響かせつつ、二本目のバイブがついに根元まで挿入される。

まさか、彩香の小さなおまんこに入るとは……想像を絶する光景に、思わず息を呑む。

「あひっ、あひっ……あああっ！　ん、あああっ……！」

もしかしたらあまりの苦痛に頭が働かないのかもしれない……。

彩香は腰を断続的に跳ね上げては、快感と苦痛が入り混じったような表情で荒い息を吐き続けた。

「おいおい、なに疲れ切ってんだよ？　これはディルドじゃないんだぜ？　ちゃんとバイ

ブ本来の力を味わって絶頂を迎えないともったいないぞ」

「ひぃっ⁉　い、いらないぃぃ！　そんな機能っ、いらないっ……！　このままじゃ、さ、裂けちゃうっ！　だから抜いて！　早く抜いてぇ！」

「彩香のおまんこがそんなに簡単に裂けるわけないだろ⁉　それを証明する為に、オレの拳でも入れてみるかっ⁉」

脅かすように開いては閉じる徹也の手を目の当たりにした瞬間、彩香が顔を蒼褪めさせて、首を横に振った。

「いやぁぁあっ！　ぜ、絶対、いやっ！　そんなのされたら、し、死んじゃうぅ……」

「ったく、ジョークだって、ジョーク。そんなのやったら本当にガバマンになってオレがイケなくなっちまうだろうが。ほらっ、バイブを動かしてやるから機嫌直してくれよ！」

「いいいいぃぃぃーっ⁉　な、なにっ⁉　んが、ががっ……！　な、なにが起きてるの？お、おまんこがっ、ぐちゃぐちゃになっちゃうぅっ‼」

二つのバイブが一斉に振動し、限界まで押し開かれた秘裂の中を掻き混ぜる。

羽虫のような振動音が共鳴するように重なり、俺の鼓膜を鈍く震わせた。

「大げさだな？　まだ一番小さい振動だぞ。これから徐々に上げてくのに、そんな調子で耐えられるのか？」

「や、やめてっ⁉　耐えられない、から……んんっ、あああっ……！　お、お腹の中が気持ち悪くてっ……はぁっ、はぁっ！」

口から大量の唾液を撒き散らし、くねくねと腰を揺らし続ける。

苦痛を訴えてはいるが、首筋を朱に染め上げ、下腹を震わせる様は、どう見ても感じてるようにしか見えなかった。

「そうか……気持ち悪いか。それは悪いことをしたな……じゃあ、今から気持ち悪いのをやめてやるから、待っててくれよ？」

「ああああああっ！ お願っ……んひゃああああっ！ 早く、早く抜いてぇっ……！」

かくかくと股間を前後に振り、艶めかしく懇願する姿を見て、徹也はおかしそうに腹を抱えた。

「彩香が嫌がることをする趣味はオレにはないからなぁ。女を気持ちよくさせて、アクメ面を見る……それが最高に好きなんだよ！」

「ああぁっ、ああっ｜⁉ んいぃいいいいいいっ！」

瞬間、二つのバイブの振動がさらに激しくなり、腰が大きく跳ね上がる。

なにが起こったかわからないとでも言うように、目を大きく見開き、瞳を忙しなく揺り動かした。

「は、話が違うぅっ⁉ な、なんでっ、もっと振動が強くっ……んぐぅ！」

「はははは、なにも嘘は吐いてないぞっ？ 気持ち悪いのをやめて、逆に気持ちいいことをしてやったんだからなっ！　嬉しいだろ？　感じてんだろぉ⁉」

「ち、違うっ……違うからぁぁぁぁっ！　本当に苦しくてっ、んん、あああ、ひゃぁぁぅぅんん！」

腰を浮き上がらせるようにして、背中を仰け反らせ、秘裂から愛液の飛沫を派手に散らす。天井を突くように勃起した乳首が、乳肉が震えると共に、宙に赤い軌跡を描いた。

「これで振動は中。もし最大にしたらどうなるんだろうなぁ……ククク」

「お願いっ……こ、これ以上は……んんんっ！　あっ、ああっ、あああっ――⁉」

「わかってる……もうやめようか。オレにも人の心がある。そろそろ、彩香の訴えを聞いて心が痛くなってきたよ」

「ほ、本当なの？　徹くん……っ」

「本当だよ……何度も人を騙すほど、オレも最低な人間じゃない」

再び始まった三文芝居。

それは一目で演技してるとわかるほどのひどさだが、バイブの強烈な刺激に混乱する彩香にはわからない……。

「なりゃ……んん、早く……あっ！　ああっ！　抜いてっ、抜いてぇっ……！」

「ああ、いいぜ……『私のおまんこは徹くん専用のおまんこです。旦那のペニスは今日で卒業します』って宣言したらな」

「そっ、そんなっ、そんなことっ……!?　あああぁっ、な、なんでぇぇぇっ！」

徹也に向けられた期待の眼差しに絶望の色が滲む。

「い、言えるわけ、ないっ……あ、あぁっ！　言えるわけないよぉ……」

「チッ……言えるわけがない、じゃなくて言うんだよ！　奴隷宣言をしない限り、バイブは抜いてやらないからなっ！」

「あっ、あぁっ……そ、そんなに刺激されたらっ……バイブ、凄すぎて……苦しいっ」

奥歯を噛み締めた口の端から濃密な涎を垂らして、目を伏せる。

瞳が小刻みに揺れ動く様は、徹也に突き付けられた条件に、彩香が悩み始めた証拠のように思えた。

胸の奥を掻き毟られるような痛みを感じる。

頼む、やめてくれ……仕方なく言わされるってことはわかってる。それでも、奴のモノになると誓わされるなんて。

「あっ……あぁっ……わ、私、私はぁ……んぃっ、んいぃっ!!」

「ほら、簡単だろ？　オレ専用のモノになるって言えばいいんだよ」

快楽の波に晒されてぐったりとしている彩香の耳元で、徹也が囁く。

「たった一言宣言するだけで、この状況から解放されるんだ。楽になれるぞー？　これ以上バイブで狂わされることも、旦那に恥ずかしい姿を見られることもなくなるんだからな？」

「はぁ、はぁ、楽に、なれるっ……あっ、あぁっ……！」

ニヤニヤと顔を覗き込む徹也を見つめ返し、さらに瞳を揺り動かす。

膣内で暴れるバイブの刺激に、断続的に腰を跳ね上げ、荒い息を大きく吐く。

やがて、彩香はその呼吸を止め、ごくりと喉を鳴らすと、ゆっくりと視線をカメラに向けた。

「わ、私は……私は、あなただけのものよ……これからも、ずっと……」

言ってしまった。

彩香の言葉に涙が溢れそうになる。ここまできて尚、彩香は俺のものであろうとしてくれている。

しかしそれは同時に苦痛がこれからも続くということを意味していた。

……いや、どっちにしても徹也が責めを止めることはなかっただろう。それを彩香もわかっていたのか、反抗的な目つきで徹也を睨んだ。

「ああそう。せっかくチャンスをあげたってのに、あいっかわらず頭も股も緩い女だな！」

徹也の表情がどんどん醜く歪んでいく。

「いや、本当はバイブで責められたいからわざとそんなことを言ったのか？」

「ひっ、そ、そんなつもりじゃ……！」

「ハハッ、いいっていいってそんなに誤魔化さなくて。ほら、望み通りにしてやるよっ！」

「んああああああぁぁぁぁぁっー！　んほ、んほぉおおおおおおっー！」

徹也がバイブの振動を一気に最大にすると、まるでそのバイブのように大きく身体を揺らし、白目を剥く。

秘裂からは尿のように野太い潮を噴出し、口元からは滝のように涎を垂れ流す。

その姿は、まさに理性からの解放だった。

「アハハハッ！　やっぱりバイブで思いっきりイキたかったんだな⁉」

「ちがっ、うあっ、あぁぁぁぁ……ちがうっ……あああああああっ！」

「そんなにイキまくりながらよく言うぜ」

白目を剥いたまま、ガクガクと身体全体を痙攣させる彩香。

やがて身体から力が抜け、ぐったりしかけた頃には、彩香がなにを喋ってるのか全く理解できなくなった。

「あはぁ……ふ、ぁぁ……はぁ、はぁ、はぁ……」

「随分気持ちよさそうだったなぁ。どうだ？　久しぶりにバイブでイッた感想は？　最高だっただろ？」

「あ、うぇ……んっ、イッて、ないぃ……」

「ああ？　なに言ってるかわかんねぇよ」

「んいぃいいいいいい⁉」

ようやく絶頂の余韻から下りてきたばかりの彩香は、再びバイブの振動によって絶頂へと導かれる。

一息吐こうとしたところでまたしてもバイブのスイッチが最大に切り替わり、イキ地獄に晒される。

「ふぁ……ふぁぁ……あぁぁ……あひっ」

数回……いや、数十回絶頂した彩香はバイブの振動が止まったあともまるで痙攣しているかのように身体を小刻みに震わせていた。

「いい顔になったなぁ。そうだよ、その蕩けた顔が見たかったんだよ。クク……やっぱり気持ちよくてしょうがなかったみてぇだな」

「あっ！　あっ、あ、ああんっ！　あ、いや、も、もう、やらぁ……やめへぇ……」

「あぁ？　やめるわけねぇだろ。これからが本番だってのによぉ」

バイブによって何度もイカされた彩香を天井から降ろす。すでに抵抗するだけの力は残っていないのか、彩香は荒い呼吸を繰り返しながら徹也の身体にしなだれかかる。

「へへ。そんなに甘えるなよ。わかってるって。すぐに入れてやるからな」

「い、れるぅ……？」

徹也は虚ろな目をしている彩香を自分の上に跨らせて、腫れ上がったペニスを秘裂にあてがう。

「丁度いい具合におまんこがほぐれてきただろ？　これならもう始めても大丈夫だよな？」

「やっ、ダメぇ……」

「本当はすぐにでもぶち込んでやりたかったんだけどよぉ、久しぶりだからしっかり前戯してやったんだぜ？　オレってやっぱ優しくね？」

「んっ……離してぇ……あの人のところに、帰るの……」

彩香のか細い声が聞こえる。

だが、興奮に呑まれている徹也の耳には届いていないようだった。僅かに身を揺すって逃れようとしているが、まるで意味を成していない。

モニター越しに見ているだけの俺には、なにもできやしない。

——もう誰も徹也を止めることはできない。

「それじゃあ……始めるぜ、彩香ぁ……！」

※

「あああああああああっー！」

愛液で濡れそぼった陰唇がぱっくりと割れ、あまりにも簡単に徹也の剛直が秘所に挿入されてしまった。

「あ、あぁぁぁ……あなたぁ……ごめんなさい……ごめんなさいぃぃ……」

「おーい、彩香の旦那。見てるかー？　オレのおまんこ奴隷、ペニスを入れただけでこんなに喘ぐんだぜ、面白いだろ？　最後までオレが彩香を調教し直すところを見ててくれよなっ！」

「んあああああぁぁっー！　抜いてっ！　早く、抜いてよぉぉぉ！」

たった今地獄のようなバイブ責めが終わったばかりだというのに、彩香は仰向けに寝そべった徹也の上に跨らされ、下から突き上げられる。

「ああ、いいわ……やっぱ彩香のおまんこは最高だ……へへッ、このままオレの形を覚え込ませてやるからな？」

「いや、そんなのいやあぁぁっ！　もうやめて……！　早く、早く抜いてぇー！」

「はぁ……あったけぇ。この瞬間をどれだけ待ってたかわかるか？　っていうか、お前もずっと待ってたんだろ？　こうやって、奥までほじってほしかったんだよな？」

「ンンン、あぁぁあああぁ……!?　い、いやっ、おまんこの奥っ、ぐりぐりしちゃダメっ、ダメぇっッ！　あああああんっ！」

彩香は髪を振り乱しながら身をよじる。その目には大粒の涙が浮かんでいた。

「も、もう許してっ……！　謝るからっ！　他のことならなんでもするから……だからっ」

「そんなつれないこと言わずに、久々のセックス楽しもうぜ？」

「ああっ！　た、楽しめるわけないっ、はぁはぁっ！　お、お願いだから抜いてよぉっ！」

胸と口を犯され、バイブでもさんざん蹂躙されたおかげで膣内が敏感になっているのか、思い切り徹也が腰を突き上げるたびに、秘裂から大量の愛液が飛沫となって散る。

ゆさゆさと大きく揺れる豊満な乳房の頂点では、今にももぎ取れそうなほど乳首が醜く膨らんでいた。

「はぁぁ……たった数年でここまで素直じゃなくなるかー。マジで残念だな。前の彩香ならおちんちん大好き、大好き！　ってよがってくれたのによー」

「うっ、そぉ……ああっ、ん！　そんなの、んんっ！　嘘だからっ……はぁんっ！」

「……ったく、こんな反応じゃ面白くねーよっ。仕方ない！　おまんこと一緒に性格もオレ好みに再調教してやるっ！」

「ふぎぃいいいぃいい⁉　んんぅっー！　ああ、あひゃ、あひゃあ、あぁぁぁぁぁっ……！　や、やめてっ！　そんなに、んぅぅぅ⁉　乱暴に突かないでぇっー‼」

「オイ、旦那！　見てるかっー⁉　これはオレのおまんこだ！　今からオレのペニスでしか感じられないように調教するから、覚悟しろよっ！」

「いやあああああっ！　私は、あの人のものなのにっ……ああっ！　あああっ！　ほ、本当にやめてっ……！　おまんこの形をっ……あの人の形を忘れさせないでーっ！」

乱暴に膣内を突き上げられ、甲高い喘ぎ声を張り上げては悶絶する。そんな姿を見ていると、ひとつの嫌な憶測が勝手に浮かんでしまう……。

これがライブチャットで映されていなかったら、彩香は俺を忘れて徹也とのセックスを楽しんでいたのではないだろうか……？

妻を信じていないというわけじゃないが、こうも涎を撒き散らしては身体を痙攣させて

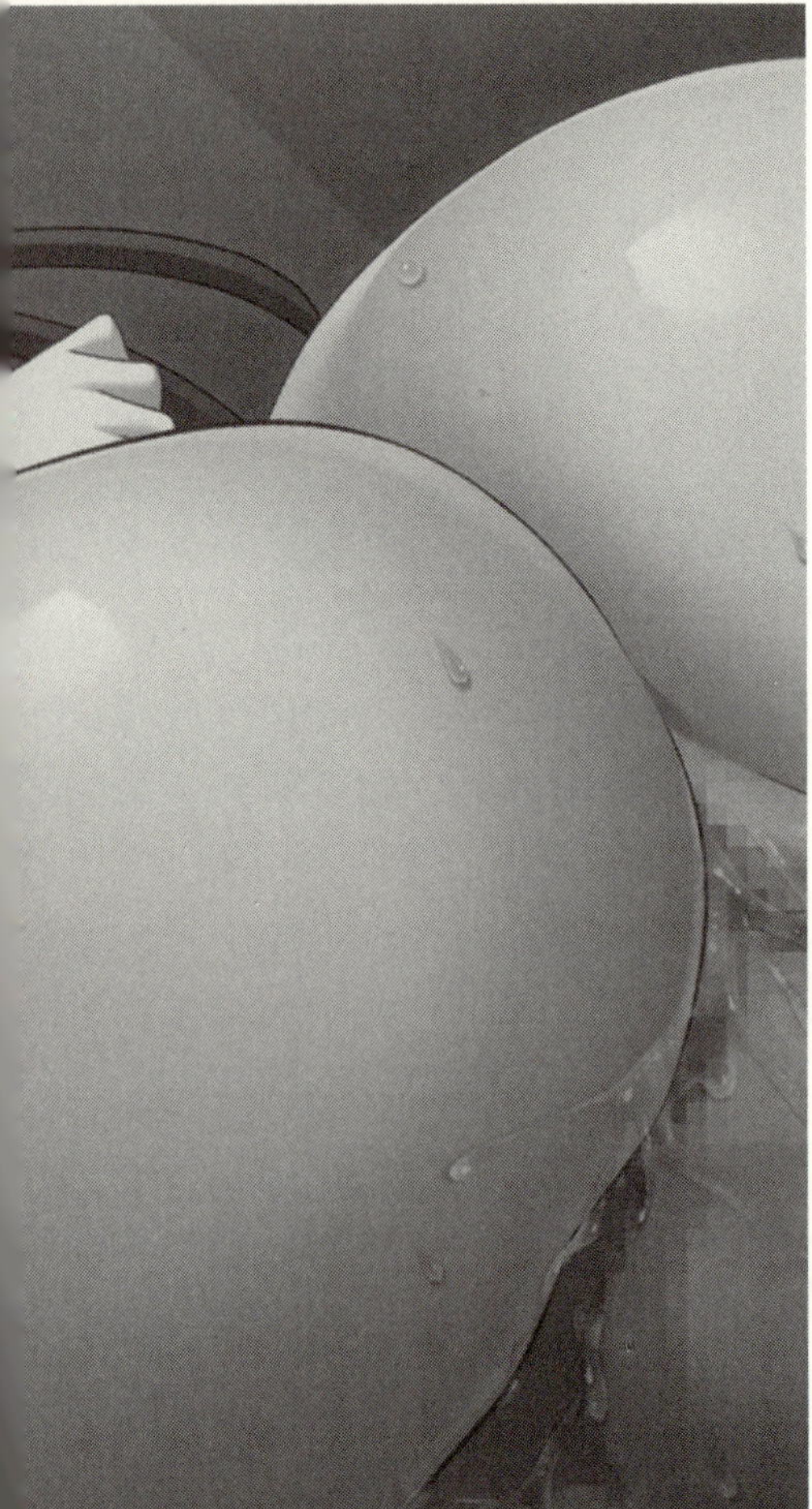

いると、そう考えずにはいられなくなる……。

い、いや。そんなはずはない。俺が彩香を信じなくてどうするんだ！

彩香は必死に、快楽に抗おうとしているじゃないか。きっとまだ彩香の心は堕ちてない。

どうして、彩香の声ばかりが届くのだろう？　俺の声を届けることができれば、彩香の支えになりえるかもしれないのに。

「んぎ、んぎぃ、ああっ！　んん、んんっ！　ん、ああ、ああっ⁉」

「くくっ……！　彩香のおまんこがオレの形を覚えようとっ、オレの精液を搾り取ろうとっ、きゅーきゅー締め付けてきやがる」

「そ、そんなわけ、ない……っ……んぅぅぅううぅーっ！」

「まったく、口は素直じゃないのに、おまんこは昔のように素直だなぁ？」

「おっ、お願いっ……ひぐぅっ！　ン、んっ、んんぅっ！　も、もっとゆっくり……ゆっくりぃ……あああんっ！」

「お？　やっと抜いてもらえないって理解したのか？　でも、そんなお願いすることになったのも、旦那と生半可なセックスばっかりしてきて身体が鈍ったからだろ？　だったら、昔みたいにハードなセックスを毎日できるようにしてやるよ！」

「んやっ、やああ！　ん、ん、ん！　そ、そんなぁっ⁉　ああっ、あああ、ひゃあぁん！」

絶望したように眉毛を垂れ下げる姿を見て、口元を歪ませた徹也が不意に腰をブルリと震わせた。

「おおっ、そういう顔は見たことがなかったなぁ。いいぜぇ……ゾクゾクしてっ……あっ、イク⁉　あ、彩香、中に出すぞ……！」

「……ひっ⁉　い、いやっ、いや、いや、いや、いやあぁっ！　そ、外に出してっ！　おちんちんを抜いてっ、お願いっ……！」

「出る、出るぅううう‼」

「いやあああああああぁっ⁉　んんっ、赤ちゃん、ああんっ……！　あ、赤ちゃんができちゃうぅっ……！」

そ、そんな……。

徹也の身体が震え上がり、同時に彩香の悲鳴が一層強くなる。中出しされてしまったんだ。俺の妻が、他人の男に……精液を、出された……。

「赤ちゃんが、赤ちゃんがっ……んくぅんっ！　あの人の赤ちゃんが欲しいのにっ……徹くんの赤ちゃんなんて……いやぁぁぁあああ‼」

ペニスを根元まで咥え込んだ膣内から大量の愛液が溢れ出る。

彩香の叫び声を聞いた徹也は、射精を続けながら悪魔のような笑みを浮かべる。

「オレもガキなんていらねぇよ。セックスの邪魔だもんなぁ。ああ、でもボテ腹セックスってのもいいなぁ。適当に楽しんだあとで、流産させればいいんじゃねぇか」

なんて奴だ……。あまりのひどさに怒りを通り越して恐怖を覚える。

「あ……ひ、ひどい……」

それまでなされるがままだった彩香の目に、僅かに光が灯る。

「ンあああっ、あっ、あっぁぁ……あ、あなたなんて、最低よっ……んっ、んんっ、絶対、絶対あなたのものになんか、ならないっ……ンンンン！」

至福の表情を浮かべて射精の余韻に浸っていた徹也だが、首を振って嫌がる彩香に気付いた途端、その目尻を勢いよく吊り上げる。

「オイ……今、なんて言った⁉ 絶対オレのものにならないだと？ オイオイ、なんでそんなにひどいこと言うんだよ！」

「あぎぃいいいいいいいいい‼」

悲痛な彩香の嬌声が響く。

「お前はオレのものなんだから、素直に孕んでオレを楽しませろよ！」

「やだっ、絶対に、いやっ……あああ、ひゃあああああん⁉ いっ、んっ、んんんぅ」

やがて射精が終わるのと同時に、徹也は乱暴に彩香の胸を揉みながら、怒り狂ったように抽送を再開する。

膣内に溜まった精液がびちゃびちゃと秘裂から飛び散り、彩香のお腹にどろりと付着する。

「あっ、ああっ、あああっー！　お、おちんちんっ、動かさないでっ、うあああっ！　はっ、早くっ……早くおまんこっ、洗わないとっ……んんぅっ！」

「ふざけんな！　洗わせねーぞ⁉　奥に、奥に無理矢理押し込めてやるっ！　洗っても取れないように押し込めてやるっ……！」

「いやっ、いやあぁっ……！　おまんこの中、洗わせてっ、洗わせっ……んあああっ⁉」

「絶対に、絶対にオレの子を孕ませてやる……！　この腹をボテ腹にして、このエロ乳から母乳を出させてやる！　彩香の身体を、ぜぇんぶ楽しんでやるからな！」

「んああああああっー⁉　らめっ、らめぇっ……！　そ、そんなに奥ばっかり突いちゃ、おかしくなっちゃうぅっ！」

　身体を揺すって逃げようとしたが、乱暴に秘所を突かれた途端、腰を激しく跳ね上げ硬直する。

　その隙に、徹也は豊満な乳房を掴み直し、彩香の上体を引き込むようにして乳肉を絞り上げた。

「んん、ああっ！　わ、忘れちゃダメっ……おっ、おまんこから精液を洗い流すのっ！　頭の中、真っ白になっても、んんっ……このことだけは、忘れちゃ……らめなんだからぁっ」

　口の端からだらだらと涎を滴り落とし、びくびくと身体全体を痙攣させる。

　徹也を突っぱねる発言をしているが、その口元にはうっすらと気持ち良さそうな笑みが宿っていた。

その表情は俺の妻としての顔ではなく、過去の動画で見た徹也の彼女としてのものだった。

「いいぞ、彩香！　やっと昔のお前らしい面になってきたじゃねーか！　このまま何度も犯してやるから元の彩香に戻れ！」

「もどらないっ……もどりたくにゃいぃぃ……んはっ、あっ、あぁん！　あぁぁあああん！」

「その身体を持て余す男のじゃなくて、オレの女になればいいんだよっ……！」

「んぃぃぃぃ!?　ああっ、あぅっ！　あうう、うぅぅっ！」

徹也は、自分の華奢な身体が跳ね上がるほど我武者羅に腰を動かし、赤く腫れ上がった女陰を穿つ。

その強烈な刺激に、彩香は大きく背筋を仰け反らせたまま、狂ったように頭を振り乱す。

「わっ、私は、んんっ……！　あの人のところに戻って、あひゅっ！　あの人に尽くしたいのっ……それが、私の……一番の喜びなのぉっ……！」

淫靡に彩られた表情から、僅かにいつもの彩香の顔に戻る。涙と唾液と精液でぐちゃぐちゃだけど、確かに俺の愛する妻の顔だ。

「あ、愛してるわ、あなたっ……ン、んんっ！　ああ、あン！　あ、あ、あん！　わ、私、負けないから……絶対、あなたのとこに、帰るからぁ……！」

容赦なく突かれて息も絶え絶えになりながら、彩香は徹也を無視して言葉を続ける。

「すぐ、ご飯、作るからね……！　あっ、あぁあぁん！　ひ、ン……ンン……一緒に食べましょう……そして、いっぱい、お話、しようね？　あ、ひぃん！　ん……心配しないで、待ってて……ねっ？　あっ、あっ、あん！」

「っせぇな！　オレとセックスしてんだぞ！　他の男の話してんじゃねーよ！」

「んぎぃいいいいいいい!!　あっ、あなた……あなたぁ……んひぃいいい!!」

噛み締めた唇から血が溢れる。口の中に血の味が広がっていく。もう、頭がおかしくなりそうだ。

彩香を、助けたい！　どうにかして妻を救ってあげたい！

でも、画面の中の彩香に手が届くはずもなくて……。

「オラ、そろそろ腰を動かせよ！　お前がもっとおまんこで気持ちよくなりたいって思ってるのはわかってんだよ！　昔みたいに自分の欲望のままに腰を振れっ！」

「ひゃ、んんぅ、あっ！　ごめんなひゃい、あなた、ごめんなひゃいぃいい！」

謝りながら、彩香は再び蕩けた表情へと変わっていく。

「ん、んんんっー！　ン、んー！　あっ！　身体が、勝手に動いちゃうの……だから、許して……お、お願いっ……あひぃいいい！　あはぁあんっー！」

徹也の命令通り、ついに自ら腰を動かし始める。

ご褒美をもらえた犬のように、だらしなく舌を伸ばし、妖艶な笑みを口元に形作った。

「へへッ、腰振るのを我慢するのは辛かっただろ？　もう我慢しなくていいんだ。思う存分、振れ」

「あ、あああ……もっ……もうこれ以上、ひどいことっ、あ、ああっ！　されたくないから……ん、ああっ！　し、仕方なくやってる、だけ……気持ちよくなんて、ないっ」

「これが仕方なしにやってる腰振りかっ？　オレには、快楽を貪るような下品な腰使いにしか見えないんだけどなあ？」

違う、彩香は本当に仕方なく徹也の言うことを聞いてるだけなんだ！

……そう信じたい。だけど、彩香の腰使いは自分から快楽を求めているようにしか見えないんだ。

「ほら、もっと激しく振れ。こんなので満足するような女じゃないだろっ！」

「は、はひっ……んんんっ、あっ、あああああっー！　違うっ、違うーっ！」

自分は徹也の命令に従っているだけ。悪いのは徹也、と言い続ける彩香。

身体は堕ちたとしても心までは盗られまいと抗っているんだ。

「気持ちよくなりたくて腰を振ってるくせに、オレを悪者扱いすんのか？　……まぁいいか、ちょっと気に食わねぇけど、一日でここまでヤれたら上出来だな」

「ん、んんっ、あっ、あああっー！　い、いつまで、続ければいいのぉ？　んひっ、んんんん！　んん、ああ、んんっ！」

「長い時間、オレの命令を聞いてくれてありがとよ！　おまんこの締まり具合からすると、そろそろイキそうなんだろ？　また精液を注いでやるから、それでイケ！」

「ひっ、いやっ！　精液、いらなっ！　ひゃぅっ！　これ以上、出されたら……本当に赤ちゃんできちゃうからぁーっ！」

「いやって言っときながら、笑って答えてるのはどこの誰だよ？　イケ！　孕め！　子宮口にたっぷり注いでやるから着床間違いなしだぜ！」

「やらっ……やめっ……あ、あぁぁ……いやぁぁぁぁーっ」

深々とペニスを突き入れて根元までぴったりと密着させたあと、徹也はまたしても妻の身体に精液を注ぎ込んだ。

「ンンあああああぁぁあっー！　熱々精液がっ、赤ちゃんの部屋に、いっぱい入ってきてるぅっー！」

精液を子宮に注ぎ込まれた瞬間、揺れ動いていた瞳を瞼の裏に潜り込ませて白目を剥く。

「私の、ああッ！　おまんこはっ、あの人のものなのにっ、んはぁぁんっっ！　て、徹くんの精液にっ、孕まされちゃうよぉーっ！」

だらしなく伸ばした舌先から雨粒を垂らすように涎を撒き散らし、がくがくと小刻みに、けれども激しく痙攣する。

その震えに合わせて大きく揺れる豊満な乳房が下腹とぶつかり、乾いた音を室内に響かせた。

「んひっ！　んひっ！　んひぃぃぃぃっ……！　あっ、あぁっ……う、嘘よぉっ！　お、おまんこがっ、悦んでるなんてぇっ……！」

結合部から収まりきらなかった精液がドクドクと流れ出る。一体どれだけの量を出されてしまったのか……想像もできない。

「イ、イッちゃう、なんて……こ、こんなのっ、んぅ、んぅ、あっ、あんっ！　ぜ、絶対嘘なんだからあぁっ！」

「ククッ、白目を剥いてるくせに、なに言ってんだか。気持ちいいの我慢しすぎて頭おかしくなったんじゃねぇか？」

「そ、そんなこと……そんなこと……ない、わ……ん、んぁぁぁぁ……」

「そうかよ。じゃあ、もっとやっても問題ねぇよな？　おら、続きをするから余韻を楽しむんじゃなくて早く腰を動かせ！」

「ひゃうぅっ⁉　ま、待ってぇっ！　まだザーメンっ、びゅるびゅる出てるんだからっ！　はぁはあっ、お、おちんちん動かしちゃっ、らめぇっー！」

しかし、徹也は我慢できないとでも言うように腰を動かし始める。

途端、彩香はだらしなく頬を吊り上げて、妖艶に微笑みながら嬌声を張り上げる。

……俺は、それからも妻が乱れる姿からいっときも目を離すことができなかった。

パソコンのモニター内では、ひたすら彩香が凌辱され続けていた。

抵抗しながらも淫らな声を上げ続ける妻の姿に、俺は見入っていた。

「はぁ、はぁ……くぅう!」

乱れる妻を眺めながら…………俺はオナニーをしてしまう。

パソコンの脇に積まれた屑ティッシュを見て、胸の中を鷲掴みにされるような痛みを覚える。

※

「どうして、俺はこんなことを? 彩香が大変な目に遭ってるのになにをやってるんだ?」

罪悪感で頭の中が真っ白になる。

射精後の疲労感と虚しさを感じた俺は、背もたれに身体を預けてパソコンから目を離す。

窓の外から射し込む光に室内が明るく照らされている。外からは小鳥の囀りも聞こえる。

「もう朝だったのか……」

俺と彩香以外にとっては……いつもと変わらない平穏な朝だった。

「……そろそろ会社に行かないと」

靄のかかった頭でぼんやりとそんなことを思う。しかし、とても外へ出る気にはなれなかった。

「くっ……うぅ……」

耳の奥に彩香の悲痛な叫び声が響く。瞼の裏には、妻が犯されている映像が張り付いていて離れない。パソコンを見ていなくても、頭の中に彩香が凌辱されている姿が浮かび上がってくる。

「う、ああ……あああぁ……」

涙が止まらない。石を詰め込まれたかのように、胃が重たくなる。

まるで全身に力が入らず、ぐったりと椅子に腰を沈めた。

「彩香……」

パソコンの画面では、まだ彩香と徹也が身体を交えている。一晩中セックスしていたというのに、まだまだ徹也の勢いは衰えない。

逆に彩香の方は抵抗らしい抵抗もできず、ただ徹也の肉欲を受け止めていた。

「あ、あぁぁぁああぁ……あン、あんっ……あひぃっ！　いぃいいいいいーっ！」

ああ、また彩香が絶頂した。これで何度目だろう？　画面を見ながら、ぼんやりとそんなことを思う。

こんなに心が冷たくなっても、股間はまた大きく勃起してしまう。愛する妻の、美しい肢体が徹底的に汚されていく映像に、俺の男としての本能が反応していた。

「……っ」

ダメとわかっていても、俺はまた自分のペニスを握り締める。こうしてオナニーをしている間だけは、寂しさも辛さも忘れられる。

「どうせ会社に行ったって、仕事にならないよな」

とはいえ、俺が家に残ってもできることはひとつだけ。凌辱される彩香を、見守ることだけ。

なんの力にもなってやれないのだが、俺は家に居座る言い訳を繰り返し呟いた。

「それに……彩香が苦しんでるんだ。仕事なんてしてる場合じゃない……。ここで彩香の無事を祈ることくらいしか、できないんだ……」

俺は再び、パソコンと向き合った。助けを求める彩香をじっと見つめながら、凍てついて砕け散ってしまいそうな心を繋ぎとめる為に……オナニーに没頭した。

※

——それから、俺は日が暮れるまで一日中パソコンの画面を眺め続けていた。

妻の凌辱劇から……目を離すことができなかった。

「んっ、くぅうっ！」

愛する妻とセックスしているのは、俺ではなく下種のストーカー男、無力な俺は一人でオナニーしている。

悔しい。苦しい。胸が張り裂けそうだ。それなのに、もう涙も出ない。

「んぁあああっ、あっ、あんっ、んんっ……あああぁあ～～」

必死に抵抗を示す彩香だが、徹也が腰を振るとだらしなく喘ぎ声を上げてしまう。

過去の動画で見た通りの痴態を見せつけられる。

「いやぁあああああああああああああ!!」

一切の休憩もなく、またしても徹也は彩香を犯し始める。

有無を言わさず、脱力していた彩香の腕を強引に引っ張り、徹也がバックから力強く挿入した。

もう何度目だろう？　彩香の中に他の男のペニスが入るのは。

「ほら、わかるか？　ぴっちりと締まって食いついてきてるぜ。ほんと淫乱なおまんこだよなぁ」

「あ、あぁあっ！　い、言わないでぇ……徹くんっ、お、お願い……んくっ！　ひゃぅううっ、あ、あぁあ！　はぎぃいいいいい!!」

「なんだ？　体力が衰えたんじゃねえのか？　前は一日犯しても、まだ求めてきてたのによぉ！」

「も、求めてなんか……あぁあ！　や、やめ……んぐっ、んぎぃいいいっ！」

「だからさぁ。今さら否定してもムダなんだって。彩香とオレのセックス映像はネットに流れてんの」

「あんっ、いやぁああ！　もういやよぉ！　けほけほっ！　や、休ませてぇ」

「ははは。オレのペニスに犯されてダラダラ愛液垂れ流してる発情マンコが言うセリフかよ！」

「いやぁあっ、やぁあああ！　んんんっ、はぐっ、あぁああ、やんっ、あぁあああん！」

腕を引っ張られて、お尻を徹也の下半身に無理矢理密着させられる。

加えて、徹也自身も腰を振って愛液で濡れそぼる秘所にペニスを押し込んだ。

その反動で豊満な乳房が乱雑に揺れまくり、硬く尖った乳首が赤い軌跡を夜暗に描く。

「ず、ずんずん、しないで……んっ、んんっ、はぁあっ、あ、あひっ、あ、はぁあっ、あんっ！」

頬を赤く染め、だらしなく口を開いたまま涎を零す。

辛うじて抵抗の言葉を紡ぐものの、彩香の表情は完全に発情していた。

過去に何度も調教され、快楽を刻み込まれたおまんこは徹也のペニスに抗えないようだった……。

「あ、やんっ！　て、徹くん……こ、これ以上は……あぁあっ、はんっ！　ああっ……ダメぇ……」

「気持ちよすぎて、もう今の旦那のことなんてどうでもいいだろ？」

「んくっ！　ち、違うわ……あぁぁあ！　はぁ、はぁ……わ、私は、あの人のことが……一番……大切なのっ」

惚けた顔で快楽に浸っていた彩香が、メガネの奥の瞳に僅かな光を灯す。

「他の誰よりも、一番、愛して……はうっ！　やぁあ！　あああぁあっ、あんっ、あんっ、んあぁあぁあっ」

彩香の言葉を遮るように、徹也は一段と強く抽送する。

「はぐぅうう！　あああんっ、は、激しっ、いやぁああ！　あんっ、はう、あああっ、んんんん～」

「そんなに今の旦那を愛してるなら、なにか言葉をかけてやれよ。きっと今のエロい顔だって、旦那も見てるぜ」

「ひっ!?　そ、それは……あぁっ、あぁっ！　だ、ダメっ！　あなた、見ないでぇっ」

「ダメじゃねぇっ！　ほら、私はセックス狂いの淫乱ですって言え！」

「んんんん～～～！　いや、いやぁ……んっ、んくぅううう!!」

歯を食いしばって、髪を振り乱す。

どうしようもなく感じていることを隠すように、表情も険しいものに変わる。

「んんんっ……あ、あぁあ……ふ、くぅううっ！　か、感じてないわ……気持ちよくなんて……んぁああっ」

「違うだろ！　旦那よりオレのペニスの方が気持ちいいって言うんだよ‼　ここまで愛液漏らして、イキ顔晒して、今さら淫乱じゃないとか……旦那だって信じねえよ」

「ご、ごめんなさい……あなたっ……んぁああ！　あっ、あひっ！　こ、こんなことに、なって……ごめんなさいっ。で、でも……信じて、ください……私は、あなたのこと、愛してるから……あんっ！」

泣きそうな表情で、カメラに向かって何度も何度も首を横に振る。

彩香の俺に対する想いが画面越しに伝わってくるが、どうしても口から撒き散らされる濃厚な涎に目が行ってしまう……。

「チッ！　お前は……オレのペニスじゃないと満足できないユルユルおまんこだろ？」

苛立ちを露わにしながら、徹也は深くまでペニスを突き入れる。

「彩香が愛してるのは、オレのペニスだろ⁉」

「あ、あひぃいいいいいい！　んぁ、あっ、あぁあああああ～～～～‼」

激しく女陰を突き上げられ、閉じていた口がこじ開けられてしまう。

ギリギリでこらえていた喘ぎ声を盛大に吐き出して、身悶える。

「あんっ！　あんっ！　こ、こんなの……ダメ、ダメぇえ～～～！　んんっ！　あっ、ぁぎっ、ぎゅううう！」

パン、パン、パン！ という肉と肉がぶつかり合う音が響く。

口や鼻にこびりついていた精液は固まり出して、いつの間にかガビガビになっていた。

常に控えめに微笑んでくれる彩香の顔が、あらゆる体液で汚れている……。

「ひ、ぐぅうう！ んんんっ、りゃめ、りゃめてぇ！ んおっ⁉ んぉおお！ あ、くぅっ、あひゅううん！」

「ひでえ顔だな。そんな表情旦那にも見せたことないだろ？ 別の男に犯されまくって、ヒィヒィ言ってる姿見て、幻滅してるんじゃねえか？」

「しょ、しょんなのイヤぁ……あんっ、んぁああんっ！ 見ないれっ、あなたぁ……見ないれぇ……んぁあっ」

彩香はカメラから視線を外し、目を閉ざして押し寄せてくる快楽を抑え込もうとする。

しかし……。

「なに恥ずかしがってカメラから逃げようとしてんだよ⁉ 見られて感じる痴女のくせによぉ！」

「んぁあああああ！ やめっ、やめぇえ……んぉおお、おおおおおっ！」

徹也は腰を大きくグラインドさせて、彩香の敏感なポイントを抉っていく。

彩香はそのテクニックに抗うことができず、快楽を引きずりだされた結果、再び淫らな表情を浮かべた。

「んやっ、やぁあっ！　あっ、ふぁあああっ、お、ぉおお！　もう、やらっ、た、たしゅけ……んぎぃい！」

「目を閉じるな。カメラの方に顔を向けろ！　オレと彩香の愛し合っている姿を見せつけてやるんだよ」

「んっ、あぁ、ぁ……ごめんなさい…ん、くぅう……ひゃっ、ンあああっ、あっ、ごめんなさいぃ……ああんっ」

暴力を振るわれたワケでも脅されたワケでもない。

ただ女性としてのすべてを蹂躙されて、彩香は抵抗できずに目を開ける。

視線をカメラに向け、こらえることができずに喘ぎ声を発しながら……涙を浮かべる。

「どう、してぇ……ぐすっ、どうしてなのぉ……う、ぅう……ん、あっ、ああっ……こ、こんな、こと……イヤなのにぃ……あんっ、あっ、ああっ……声、出ちゃうの……愛液、止まらないのぉ」

「そりゃオレのことがまだ好きだからだろ？　身体の方は正直なモンなのにな。でもまぁ、またすぐにオレを心から愛するようになるさ」

「そ、そんなこと……んっ、んんっ……んぁ、ぁ……私は、あの人のそばに、ずっといるって……誓ったのっ！　あ、あひぃ!?　あ、お、んぉおお、ぉお、おひっ、はう、ん、ひぐぅっ」

　彩香は涙と涎を撒き散らしながら、回転運動とピストンを交互に繰り返す徹也の責めに喘ぐ。

　背筋は今にも弾けてしまいそうなほど、ブルブルと震え続けていた。

「そんなに旦那が好きなら……画面の向こうで見てる旦那に向かってキスしろよ」

「っ⁉　そ、そんなこと……んっ、ぁ……できないぃ」

「できないじゃなくてやるんだよ。オレの命令に逆らうんじゃねえよ！」

「んぁっ！　ぉ、ぉおおおっ！　んぐっ、はぁあああ！　あっ、あぎぃいい！」

「やれよ。いつもベッドの上でしてたんだろ？　旦那とのキスを見せてみろよ」

「ん、ちゅっ、ちゅぱ……はぁ……ん、ちゅちゅぅ……んっ」

「もっとやらしくやれ。舌をつかって……サービスしてやれよ」

「こんなのって……ない……ぐすっ、んっ、ちゅっ……ちゅぱっ。ふぅう、れる」

　カメラに向かって、頬を真っ赤にした彩香が舌を垂らしてキス顔を見せる。

「れろ、んはっ……れろれろ、ぺちゃっ、ちゅぴ……れるんっ、んっ」

　犬のように舌先から涎をポタポタ垂らしながら、グネグネと舌を器用に動かす。

　その淫靡な光景に、俺の頭は熱く燃え上がり、急くように呼吸を繰り返した。

「やらぁ、見ないれ……あなた……んちゅっ、れろんっ、ぺろっ、んちゅ。あなたにこんなはしたない姿、見られるなんれ……ぺろぺろ、じゅるっ、じゅずず……んっ、れろ」

円を描くように舌をクネらせる。口端から垂れた涎を舐め取って、大きく喉を鳴らしたあと、舌の演舞を再開する。

恥ずかしそうにキスを見せつける彩香だったが、その瞳はどこか潤んでいた。

「うっ……くくっ、やっぱりな。おまんこの締め付けがよくなったぞ？　どうせ旦那にいやらしい顔見られて、興奮してるんだろ？　いや、旦那だけじゃない、この動画を見ている何千という男共がお前のキス顔でオナニーしてるかもしれないんだぜ？」

「んじゅるるっ、しょ、しょんにゃの、やぁ……いや、らのにぃ……れるん」

泣きじゃくる間も決して舌の動きを止めない彩香。

いや、むしろ徹也に指摘されたことで、より淫らに舌をクネらせているようにも思える。

そんな風に舌を蠢かしながら、熱くて荒い息を吐く妻を見て、徹也が不意に腰をブルリと震わせた。

「……へへッ、発情おまんこのせいで、もう限界がきちまったじゃねえか」

「ふ、え？」

瞬間、徹也がスパートをかけるように激しく腰を振る。

「いやぁああああ！　あ、あああああんっ！　んぁああ！　イヤ、はぅうっ、ヤァアアア！」

それまでのゆっくりとした腰使いで散々焦らされ、昂ぶりきった膣内で、ペニスが派手に暴れ回る。

二つの乳房が下腹とぶつかり合う乾いた音が、室内に響き渡った。

「はぁあああっ！　んぁっ、あああんっ！　ああっ！　お、んぉおおお～～～！　あ、あなた……たしゅけっ、んぎぃいい！　はうっ、たしゅけて……あんっ！　んぁあああ！」

「はぁ、はぁ。へへへ、マンコが凄ぇうねってるぜ。ペニスにしっかり抱きついてきやがる」

「お、おちんちん、ビクビク……震えて……だ、ダメぇ！　もうダメなのぉ！　射精、しないで……お願いっ……これ以上されたら、あぁっ、ああっ！　妊娠しちゃぅう……んんっ！」

背筋を仰け反らせたまま、ビクンビクンと腰を跳ね上げる彩香を見て、徹也が口元をイヤラシく歪めた。

「身体の方は、子宮下ろして妊娠する気マンマンみたいだけどな。つーか、いい加減、素直になれよ！　オレとセックスして孕みたいんだろ⁉」

「ち、ちがっ……あひぃいい！　おぐっ、ひゃっ、あんっ……お、んぉおおっ、ああっ、んぁあああ！　赤ちゃんのお部屋に当たって……っ」

子宮を貫くように、奥深くまで潜り込みながら抽送を続ける。

彩香は涙と涎を撒き散らしながら、身体を大きく暴れさせせた。子宮を犯されるのを悦ぶように、下腹の痙攣が徐々に激しさを増していく。

「うっ、中に、出すぞ！　子宮の中に……子種吐き出してやる！　妊娠させてやるからな！」

「やっ、いやぁあああああああ!!」

先に徹也の腰が大きく震え上がり、最深部まで差し込まれた肉棒が子種を吐き出す。

「あ、んぁあああああああああああああああ!!」

そして、次の瞬間には彩香が腰を弓なりにしならせて絶叫した。

子宮に注がれる熱い精液を感じて、彩香は女として成す術なく絶頂を迎えたようだ。

「んぁ、あああああっ、お、ぉおおお、んぉおおおお……！」

結合部から精液が、愛液と共にドロドロと滴り落ちる。

一体どれだけの量の精液を注ぎ込んだのか。瞬く間に股間全体が白濁に染まっていく。

「んひっ、やっ……あぁああっ、あひっ……んっ、はぁ……」

「はぁ、……うぅっ……これだけ注ぎ込めば妊娠確定だな」

「う、ぁ……あぁ……や、らぁ……あ、あうっ！　うっ」

ヒクヒクと引きつけを起こすように痙攣したあと、ぐったりと力を失う。

なにも感情を示していない瞳を見ると、彩香は意識を失ってしまったようだ。

「気持ちよすぎて気絶したか？　昔からイキすぎて気を失うくせは変わらねえな。でも、まだまだ終わらせない……まだヤリ足りないんだよ！」

「う、ぅう……あぅ……んっ」

　数えきれないほどの絶頂を経験し、心身共に疲弊しきった彩香を抱き上げる。

　背面座位の体勢になり、妻の耳元で徹也が囁く。

「あんだけ必死に抵抗してた割には、アクメキメて気絶してんじゃねえか。なぁ彩香？　やっぱりオレとのセックスは気持ちいいだろ？　今の旦那じゃ満足できないんだろ？」

「う、あぅ……あ、あぁ……ぁあっ」

　ぐったりと首を落とす彩香が、強い呻き声を上げる。

　意識を失っているように見えるが、徹也の言葉を否定するように首を僅かに横に振った気がする。

「もう身体は完全に堕ちてるぜ？　ほら、彩香のおまんこはもっとセックスしたいって言ってるぜ？」

「あ、あぁぁ、ン……ん、ふぁ……はうっ、うぅ……あ、あぁ」

※

射精直後だというのに、徹也のペニスはすでに血管を浮き上がらせ、勃起していた。
赤く腫れた亀頭を、細やかに蠢く秘裂にあてがって擦り上げる。
艶めかしく脈動する陰唇が、まるで膣内へ誘おうとしているかのようにパクパクと竿に吸いついた。

「う……んっ、あ、はぁあ～……あ、あぅ……あ、ン、んんっ、んっ！」

「気絶してても身体は敏感に反応しているぞ？　いい加減素直になれよ、彩香。まぁ、そろそろ終わりにしてやるよ。気持ちいいってお前の方からヨガらせてやるからな」

秘所に何度も擦りつけたことで、ペニスは膣内から溢れた愛液と精液の混ざり合った汁に濡れる。

その濃厚な汁が、クチュクチュと音を立てながら糸を引いた。

「あっ……はぁっ、はぁっ、はぁっ……あぁ……んっ……んふっ……」

「また一緒に毎日セックスしながら暮らそうぜ？　その方が幸せだろ、なぁ……彩香ぁ！」

「んほぉおおおおおおおおおおおお!?」

ローション代わりの汁に濡れたペニスが、前の穴ではなく後ろの穴に挿入される。

なにも準備していなかった彩香は、絶叫しながら目を見開いた。

「んぎぃいい！　い、ぎぃいいいいっ！　お、お尻の、穴に……なにか……入って……んぁあああああっ」

「アナルに突っ込まれてお目覚めとは、さすが変態女だな」

「あ、あなる……？　て、徹くん、もしかして……お尻の穴に……!?　そんな、いきなり入れるなんて……んぁっ！　ひゃっ、んっ！　んひっ！　ひゃぅううっ！　んぐっ、ぐひぃいいいい！」

「どうせ旦那とは、アナルセックスなんてヤッてないんだろ？」

当然だ。彩香を傷つけるような気がして、特殊なプレイをやろうなんて一度も思ったことはない。

だけど彼女は、徹也とアブノーマルなプレイを経験して、快楽を身体に刻まれている。

「そ、そんな……やめて……いやぁ……んっ、あんっ！　んぎっ！　あ、ぐぅ！　いやぁああ！」

「クッ、ハハハ！　なぁんだ、久しぶりだってのにケツ穴もガバガバじゃねえか。やっぱオレの調教がよかったんだな」

「いやぁ……言わないでぇ……もう、許してえ……んっ、あひっ……あぁあっ！　あ、あんっ……んっ、もう、やぁ……あ、あぐっ……耐えられない……んっ、くぅ！」

アナルに突っ込まれた瞬間こそ大声を上げて身体を震わせたものの、彩香はまたぐったりしてしまう。

口から漏れる喘ぎ声にも芯がなく、ただ反射的にいやいやと抵抗の言葉を発しているだけの状態だ。

無理もない。彩香はこの映像が始まってから丸一日、休む間もなく徹也に犯され続けている。襲いかかる快楽の波に抗い続けているんだ。

彩香は限界をとっくに超えている。きっとすべてを受け入れてしまえば、彩香は楽になれる。もう、頑張らなくていい。俺の為に苦しまないでほしい。

そう思ってしまう……。

「あうっ、あ、ぁぁぁ、あっ、もう……ダメ……んっ、ぁっ」

もう、彩香は虫の息だ。それなのに徹也は容赦なく後ろから突き上げる。

「徹くん……ごめん、なさい……ごめんなさい……んっ、んんっ……ごめんなさいっ」

「ずいぶんしおらしくなったなぁ、彩香」

「謝っても許さねえからな。今の旦那を捨ててオレの元に帰ってくるって誓うまでは許さねえ」

「んっ……あっ……ご、ごめんなさい……ごめんなさいぃっ……はぐっ、あ、あぁあ、ン」

　きっと、彩香はもうまともに思考することができないんだ。

　だから……謝罪の言葉だけをうわ言のように繰り返してるに違いない。

「う、はぁあああ～～～……あっ、んぁ、あああっ、あう……あ、あんっ、あああんっ」

　メガネの奥の瞳には、あの透き通るような輝きはもうない。

　濁り切り、どこか今の状況を愉しんでいるような艶めかしい色が、代わりに広がっていた。

　それは過去の、セックスに没頭していた頃と同じ瞳……。

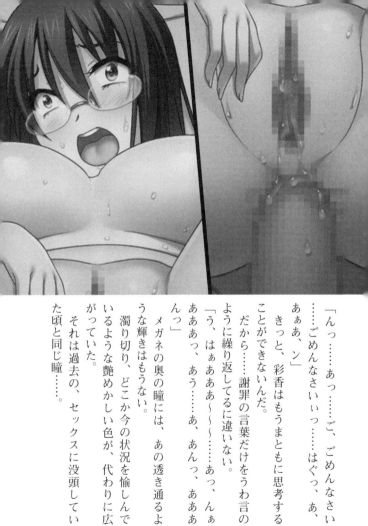

もう本当に限界だ。彩香はもう……。

「ずっとぐったりしてたら見てる方もつまんねえだろ？　おまんこでも広げてサービスしてやれよ」

「は、はぁい……んっ、ぁあぁあっ……あふっ、あっ……はぁあぁぁ」

嫌がる素振りも見せずに、徹也の命令に従い、秘裂へと指先を伸ばした。

「ん、んんん～～～……や、いやぁー……あ、あぁ、んっ、ひ、くっ……んっ」

自分の指で割れ目を開き、真っ赤に充血した膣内をカメラに晒す。

口ではうわ言のように『いやいや』と言っているが、その表情はどこか恍惚としていた。

「いやぁっ、私の……お、おまんこ……たくさんの人に見られてるぅ～。あ、ぁ……見ないで、ください……んっ、見ちゃ、いや……はぁ、あぅ……あああっ」

言葉とは裏腹に、さらに大淫唇を広げて、膣内を見せつけるように腰を突き出す。

腫れ上がったクリトリスから、波打つように蠢く膣肉まで、彩香の性器のすべてが見えてしまう。

「はうっ、んっ……あ、愛液が……零れちゃう……んっ、はぁっ、あ、あぁああ……なんで？　どうしてぇ？」

「そりゃあ決まってるだろ？　アナル犯されて、大勢の男共に絶頂したおまんこ見せつけて、お前は興奮してるんだよ」

「うっ……あっ、あああっ……あひっ、いぎぃっ、んっ……あ、あん、んぁ……」

女陰をカメラに見せつけたまま、アナルを犯されて耳を真っ赤にする。

もはや痛がる素振りはなく、腸内を掻き回されるたびに舌を垂らしては、嬉しそうに瞳を濡らした。

「アナルの具合がよくなってきたなぁ。ペニスを突っ込むとしっかり締め付けてくるぞ」

「あ、ぁ……んっ……はわっ……あぐっ、んぐっ……あ、あひっ」

「ビンビンに乳首も尖ってるじゃねえか。切ないんだろ？　ほら、自分で胸揉めよ」

「んぁあああっ、あ、あひっ……んぅ……んんん～～～！」

命令に逆らう意思も見せず、彩香は自分の胸を揉み始める。

乳肉を手のひらで押し潰すようにして揉みしだき、指先で勃起した乳首を挟み込む。

自ら胸を揉んでは唾液塗れの舌を伸ばし、激しく身悶えた。

「あ、あぁあああああ～！　ち、乳首ぃ……ビリッとして……んぁあああっ、あひぃいい！

んぁあああ……あっ、んぁあああああっ……はぁ、あ、あはぁああ～～～」

黒目をぐるんと上に向け、惚けた顔で喉の奥から媚声を上げる。

ぽっかりと開いた秘裂からは愛液が溢れ出し、腫れ上がったクリトリスを濡らす。

「アナル犯されて、自分で胸を揉んで……発情したおまんこをカメラに見せつける……どうだ？　感じてるんだろ？」

「んぁあああ〜〜……あ、んぁあああ、あ、あひっ……ん、んんっ、あっ」

表情も、ポーズも、身体も、もはや完全に堕ちきっていた。徹也の指示に従うだけ。快楽で頭の中まで真っ白になっているのだろう。

それでも彩香は呆然とした顔で、何度も喘ぎ続けたせいですっかり枯れ果てた声で……。

「あ……なた……」

——俺を呼んだ。

「ま……だ……私のこと……好きでいて、くれますか……？」

ああ、もちろんんだ。

好きだ。愛してる。どんな状態になったたって、彩香のことを愛すから。

だから……もう、抵抗するのはやめてくれ。

俺は君を助けられないんだ！　君がどこにいるのかもわからないんだ！

ここで君の無事を願うしかないんだよ。ごめんな、無力な夫で本当にごめん。

せめて今、自分の気持ちが妻に届くなら……。

『今は徹也の言う通りにして欲しい』と、伝えたい。

このままだと、彩香が……彩香が壊れてしまう！

「チッ。ああ、そうかい。わかったよ。もう手加減するのはやめだ。一気に堕としてやるから覚悟しろ……」

「あなたが……うっ、ぐすっ……私を、嫌いになっても……私は、あなたを……愛しています……」

俺の願いは彩香へ届かなかった。そして、最悪の予想だけが的中する。

彩香の告白は徹也の逆鱗に触れてしまった。

「つぜぇえええんだよ！　ビッチが！　オレのこと無視してんじゃねぇよっ！」

「あっ、あぁぁぁぁぁあああああああーっ!!」

限界まで勃起したペニスが一気に根元までアナルに埋まる。その衝撃に彩香は悲鳴のような声を上げる。

だが、その余韻が終わる間もなく、今度はずるずるとペニスがすべて抜き去られる。そして引きずり出された腸肉ごと、また根元まで深く深くペニスが突き込まれる。

「いやぁあああああああっ！　あっ、あぁぁあああああーっ」

まるでアナルに杭を打ち込むような残酷な行為を、何度も何度も何度も繰り返す。彩香は白目を剥きながら、ひたすら叫び続けた。

やがて、苦しそうな嬌声は甘い声へと変貌していく。そのタイミングで徹也も腰の動きを落ち着かせて、彩香の様子をうかがうようにゆっくりとアナルを責める。

「はぁ、はぁ、はぁ……へへッ、どうだ？　彩香ぁ……？　気持ちいいか？」

「んああ～……き、気持ち……いいよぉ……か、感じてるのぉ……はうっ！　あ、あああんっ、んぁはあああ」

涙と唾液でグジャグジャになった顔に、恍惚の笑みを宿し……彩香は白状する。

たわわに実った乳肉を形が歪むほど揉みながら、アナルから腸液を漏らしながら、彩香は笑っていた。

「あはっ……ははっ……き、気持ち、いいよぉ……！　徹くぅん……お尻の穴、もっとずぽずぽしてぇ！」

「ふ、ふふふ……いい子だ。そうだ……彩香！　お前はそうやってヨガってればいいいんだよ」

彩香の身体を上下に揺すりつつ、自分も腰を振り、ペニスをアナルの奥にねじ込む。

先ほどのピストンで開きっぱなしになっている彩香の尻穴は、徹也のペニスを容易く呑み込んでしまう。

「はあぁああ！　気持ちいい、気持ちいいのぉ……あっ、あああ！　んくっ……ああああ」

「マンコからオレの精液を垂れ流して、カメラの向こうの旦那に見せてやれ」

「は、はいぃい……！　ふっ……くぅううう、うううう！」

一瞬、彩香が目を固く閉ざして唇を噛む。

「あ、ふぁああああああ〜〜〜」

だが、すぐに大口を開けて喘ぐ。それに連動するように、こちらもまた大きく開かれた秘裂から精液がダラダラと溢れ出す。

その量は尋常ではなく、次から次へと割れ目から零れ落ち、床に精液だまりを作っていた。これだけの子種が、下りてきた子宮に直接注ぎ込まれていたのか……。

「あはっ……ああっ……はぁっ、はぁっ……あはぁっ……」

大切な妻が、俺のではなく、別の男の精液で子宮を満たされて……笑っている。

あまりに衝撃的な光景の数々に、それまで空っぽだった頭が真っ黒いなにかに満たされていく。

「あはぁ……んっ、ふぁああ～……あなた、見てぇ。徹くんの精液、こんなにいっぱい注がれちゃったぁ……あ、あぁあ」

精液の塊をとめどなく垂れ流しながら、彩香は微笑む。

「赤ちゃん、できちゃったぁ……孕んじゃったのぉ……ごめん、なさぁい……んっ、ふぁ、あ、あああ」

謝っているけど、その表情はどこか満足そうだった。

女性として、子供を授かったかもしれない……という悦びに満たされているんだろう。

胸が苦しい。心臓を鷲掴みにされているようだ。

「んはっ……あ、あんっ……あ、あはは♪　……あ、あひっ……んっ」

「へへッ、旦那に報告して感じたのかぁ？　また尻が締まったぞ……う、くっ、おかげでもうイキそうだっ。このままアナルの中にもたっぷり精液をぶちまけてやるからな!」

徹也は狂気じみた笑みを浮かべながら彩香の下半身を撫でまわす。

「子宮も腸の中も、全部オレの精液で満たしてやる! 彩香! お前のすべてはオレのモノだ!」

「あはぁぁぁ……嬉しい、嬉しいよぉ……お、おひいいっ! んぁ、あああっ、徹くんの、精液……いっぱいちょーだぁい」

徹也が腰を突き上げて、ラストスパートをかける。開きっぱなしの秘裂からは精液と愛液が飛沫となって飛び散る。

その抽送に合わせるように、彩香は尖った乳首を巻き込むようにして豊満な乳房を自分で揉む。乱暴に、快楽を貪るように……。

今の妻は、過去の映像のものとまったく同じ表情になっていた。彩香の目には、もう徹也しか映っていない……。

「んぉおお! お、ぉおおおお! あ、ひぃいいい! きて、きてぇええ! お尻の中に、射精してぇ!」

「いいぜ、自分に素直になれたらな。彩香は誰のモノだ?」

徹也の血走った目が、一瞬こちらを向く。俺に思い知らせようとしているんだ。

……もうなにも考えられなかった。きっと、俺はもう諦めているんだ……。

「徹くんの、ぁ、あぁあ……私は、徹くんの女よ！　んひっ、あふっ……はぁあああ！」

なんの躊躇いもなく、彩香は徹也を選んだ。

徹也との快楽に、彩香は完全に堕ちていた……。

「徹くんのおちんちんが大好きな……んっ、あ！　セックス狂いの、メス豚ですぅ……徹くんの精液がないと、生きていけないのぉ……！」

「うひ、ひひひ……よく言えました！　それじゃあ……ご褒美だ！」

口角を上げて不気味な笑顔を見せながら、アナルに根元までペニスを突き入れた。

「んほぉおおおおおおおおおおお!!」

膨れ上がったペニスが大きく震え、アナルの中に精液を放つ。

尻穴を白濁液に犯され、彩香は獣のような媚声を上げて腰をしならせる。

「お、ぉおおおっ、はひっ、はぐうううう！　んおっ、おひぃいいいいいいん」

結合部の隙間から、腸に入りきらなかった精液がドクドクと溢れ出す。

同時に秘裂からも精液と愛液のミックスジュースが泡となって流れ出す。

アナルセックスで絶頂し、前と後ろの穴から精子を垂らす彩香……その顔にはだらしなく歪んだ笑顔が浮かんでいた。

「んぁああ、ぁ、あひぃいい……お、おひり、ビュルビュルって……あちゅい精液が……いっぱぁい……。気持ちいい……イイのぉ……あひっ、んぎっ、あひゃあああ！」

「これでラストだ。最後までしっかり飲み込めよ」

「あちゅい、あちゅいぃ～！　ザーメンあちゅすぎてっ、ヤ、ヤケドしひゃうよぉっー！　んぁ、ぉ、ぉおおお、ほぉおおおおお！」

　最奥まで貫かれ、最後の一滴まで精液を注ぎ込まれる。

　カメラに映し出された彩香は、涙と涎を垂らしながら白目を剥き、悦びに打ち震えていた。

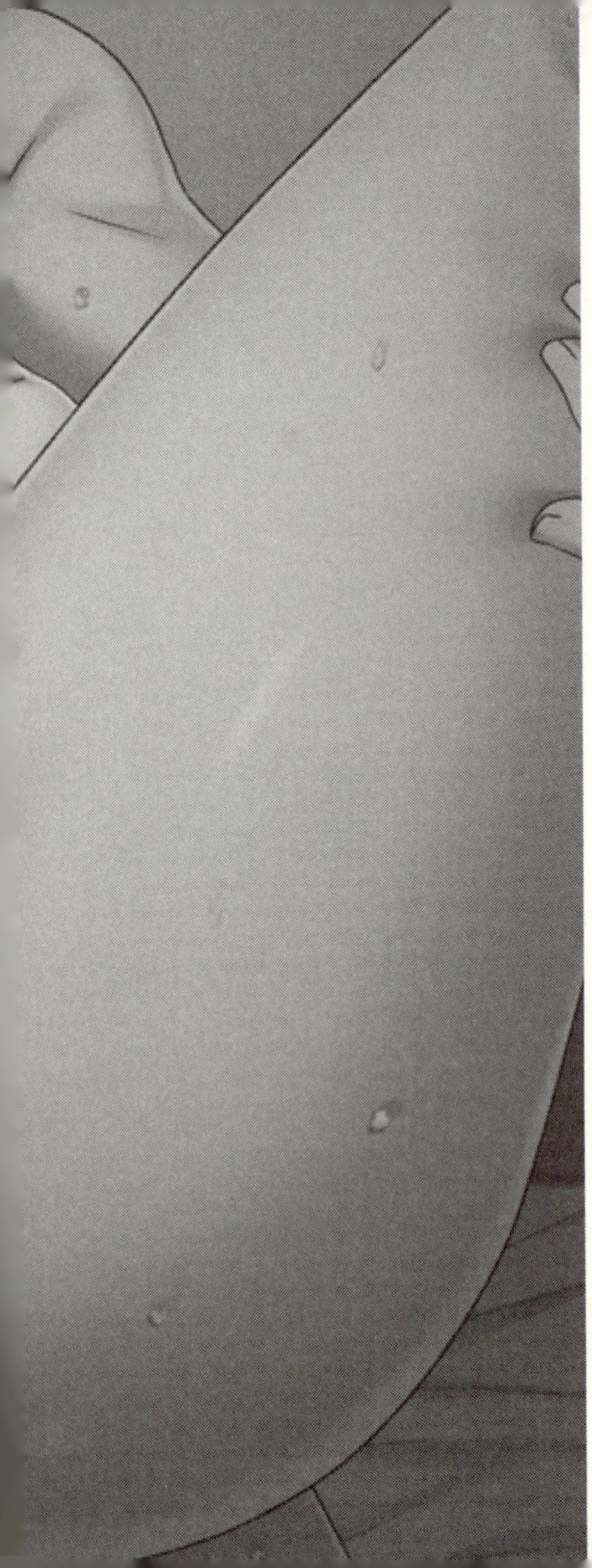

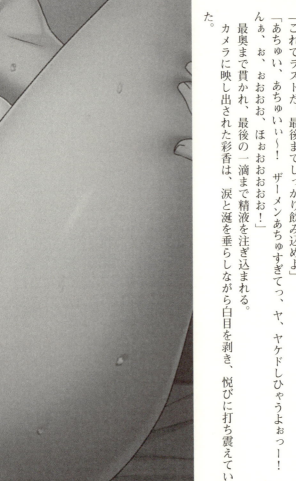

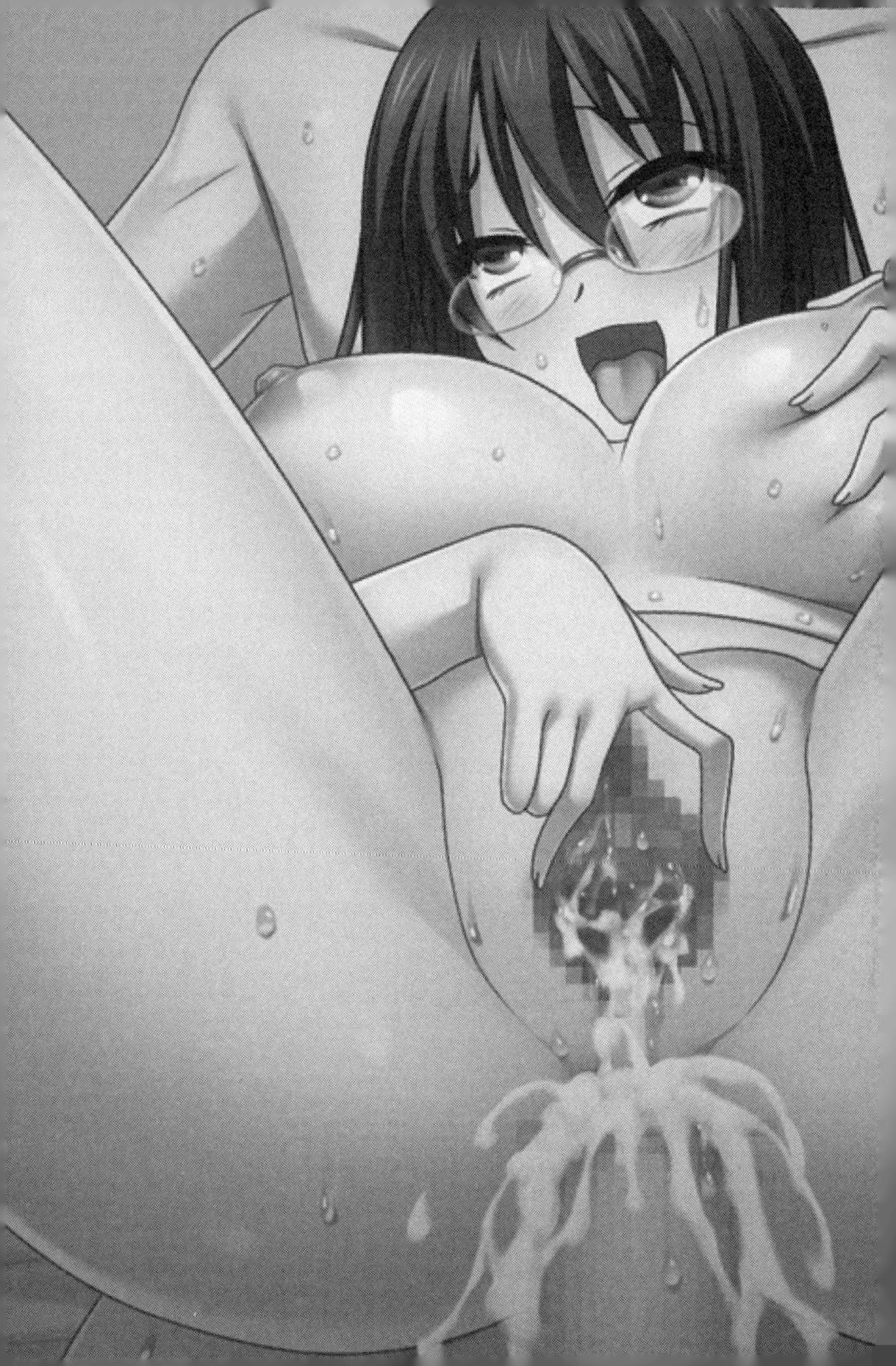

「んぁああんっ！」

ズチュウウッ……と卑猥な水音を上げて、ペニスが肛門から引き抜かれていく。

「く、はぁ、ははは……久しぶりに彩香のアナルで搾り取られたなぁ」

「あ、あぁああぁ……あああぁ……」

ブビッ！　ブブブブ！

そして、ペニスが完全に腸から引き抜かれた瞬間、盛大な放屁の音と共に、大量の精液が肛門から噴出した。

「あ、あへ……あ、んっ……ふぁあああぁ」

ブブッ、ブブブブッ！

放屁の音楽は奏でられ続け、白濁の洪水もまた、栓がなくなり、ぽっかりと開いたままの尻穴から溢れ出し続ける。

その光景はまるで脱糞しているかのようで、あまりにも卑猥なものだった。

「んはぁあああ……ははっ、あははは……んっ、はぅううう～～～」

ブブブブッ！　ブバババッ！

しかし、彩香の表情に羞恥心などは一切なく……ただ狂ったように笑う。

そして腸内に溜まっていた異物を吐き出すのが気持ちいいとでも言うように、だらしなく涎を零しながら蕩けた表情を浮かべていた。

かかる。

ジョボボボボ……。

「あはぁああ～～～……あは、んっ……んんん～～～～」

アナルから精液を放出し終えると、今度は大きく弧を描きながら放尿をしていく。

ぽっかり口を開けたままの秘裂から勢いよく黄金水が飛び出し、カメラのレンズに降りかかる。

レンズが彩香のオシッコでビショビショに濡れてしまった。

まるで……彩香に尿をかけられているような……そんな風にさえ思えてしまう。

「あ、あぁああ……んっ、止まらにゃい……止まらにゃいよぉ……」

「いいのか？　旦那が見てる前でこんな恥ずかしい姿を晒して」

「あああ、ごめんらさい、あなたぁ……わらひ、徹くんに……またいっぱいセックスされちゃったぁ……セックスお漏らし、気持ちいいのぉ……ふふふ！　徹くんとセックスするの、気持ちいいのよぉ……」

「ははは、あははは！　そうだろ？　彩香、これからはオレのそばにいろよ」

「は、はい……ん、ふぁあああ～」

小便を漏らしながら、火照った頬を妖艶に吊り上げる。

あぁ、徹也に身も心も差し出したんだ……もう、彩香の心に、俺はいない……。

──その時、映像にノイズが走り、画面が暗転した。

映像は途切れてしまったが、大勢の足音と声は聞こえる。

そのことから、ようやく警官が徹也の居場所を突き止めて、突入したのだと知る。

「ははははは！　ふ、くくくく……ふ、ふふふふふ!!」

突入した警官たちの怒声に交じって、徹也の狂ったような笑い声が響く。

「彩香ぁ……またオレを愛してくれるんだな……あはははははっ、はははははは!!」

この世のものとは思えない、人間が発するものとは思えない……狂気の声。

警官たちに身柄を拘束されたのか、やがて徹也の悪魔のような声は遠く離れていった。

「徹くん、どこ行くのぉ……もっとセックスしようよぉ……お口も、お尻の穴も、おまんこもさびしいよぉ。徹くぅん……エッチなことしようよぉ……気持ちよくしてよぉ。身体、熱いよぉ……自分でお股をくちゅくちゅするだけじゃ、足りないのぉ……」

彩香の熱を孕んだ声と、自分の股間を弄る淫らな水音を最後に、音声も途切れた。

※

「終わった……のか？　これで全部、終わった……」

真っ白になっていた頭が、心が、一瞬で黒く塗りつぶされる。

「う、うぅ……彩香ぁ……う、うぁあ……うおおおおおっ」

枯れたと思っていた涙が、ボロボロと流れ落ちる。
世界のすべてが霞み、なにも見えなくなる。
手足が痺れて、なにも感じなくなる。
終わったんだ。なにもかも……全部、手遅れだったんだ。
耳に残るのは、彩香の淫らな笑い声。
頭にこびりつくのは、俺ではなく徹也を呼ぶ彩香の甘い声。
ああ、そうか。もう俺が愛した妻はいないんだ。

終章　壊れた妻

――こうして事件は終わり、彩香は病院へと搬送された。

長時間に渡る凌辱で心身共にボロボロにされた妻は、しばらく面会謝絶状態だった。

夫の俺とも顔を合わせることができないほど精神が参っていたらしい。

長い長い面会謝絶の期間が過ぎ、ようやく彩香と対面する日が来た。

病室に入り、ベッドの上で窓の向こうを見つめる彩香に近づく。

入院直後はやつれて見る影もなかった彩香だが、今はかつてと同じ面影を取り戻していた。

「彩香……久しぶりだな」

「あなた……！」

声をかけると彩香は驚いたように目を開く。しかしすぐに表情を曇らせた。

「もう、会いに来てくれないと思ってた……」

「そんなわけないだろ」

「でも……っ」

「俺は彩香の夫だ。それはいつまでも変わらないよ」

帰ってきた妻の手にそっと自分の手を重ねる。

面会謝絶の間、俺は彼女の両親に離婚を勧められていた。

彩香と一緒にいると後ろ指を差されることになる。このままだと俺の人生までめちゃくちゃになってしまう。……だから、離婚した方がいい。

それが妻の両親からの言葉だった。

俺自身も、あの一件からしばらくの間はかなり精神的に追い詰められていた。彩香のことを考えるだけで、吐き気がするほど胸が痛んだ。

……それでも、俺は悩んだ末に彩香と共に生きることを選んだ。

「私、汚されちゃったのよ？　何度も、何度も……。それに、あんなにはしたない姿まで見られて……」

「あ、そうだ。彩香に見せたいものがあったんだ」

彩香の言葉を遮るようにして、肩掛けカバンから一冊の本を取り出す。

「それは……？」

「ほら、覚えてない？　フォトウェディングの写真撮っただろ？　あの時のアルバムがこの前届いたんだ。彩香と一緒に見ようと思って」

おしゃれに装飾されたアルバムを開いて、彩香に見せる。

「やっぱり彩香は綺麗だな。ウェディングドレス、よく似合ってたもんな」

「……」

彩香は無言でアルバムを見つめている。

カメラマンの指示で色んなポーズを取った。

中にはかっこつけすぎてちょっと恥ずかしいものもある。

でも、どの写真でも二人は幸せそうに微笑んでいた。

最後のページには、彩香とキスをしている大きな写真が貼られていた。妻の方から俺に口づけをしてくれた時の写真だ。

「……なあ、彩香？　君はもう俺と一緒にいたくない？」

「……」

写真を見つめたまま、彩香は暗い顔をしている。

「この写真撮った時にさ、彩香言ってくれただろ？　末永くよろしくお願いしますって。あれ、本当に嬉しかったな」

ウェディングドレスを着て、教会で、誓いの言葉を交わす。結婚式を挙げられなかった俺にとって……俺たちにとって、あの瞬間は本当に特別だったと思う。

「……あの時の言葉を、まだ信じてもいいか？」

「でも……いいの？　私でいいの？」

「何度でも言う。彩香は悪くない。悪いのは全部、徹也だ。そして徹也はもう捕まったんだ。もう俺たちの邪魔をする人はいない。これから先は、本当に幸せな未来が待ってるんだよ」

必死に訴える。

俺はやっぱり彩香が好きだ。

こうして顔を合わせると、やっぱり『好き』という気持ちが溢れてくる。

もう手放したくないんだ。

「また、この写真を撮った時みたいに笑える日が来るから。俺が彩香を幸せにするから。

これからも一緒にいよう……ね？」

「あなた……ごめんなさい……ごめんなさい……」

彩香は涙を流しながら謝罪の言葉を呟く。

「なんで謝るんだよ。彩香は悪くないんだって……！」

慰めているうちに俺も我慢ができなくなって、泣きながら彩香の身体を抱き締めた。

それから俺は仕事を辞め、彩香の病室に通い続けた。

実は、会社でも彩香のことは話題になっていた。同僚の一人に彩香が犯されているライブ映像を見られてしまったのだ。

それからは俺に同情する声と、彩香を蔑む声ばかりが社内に響き、俺はどうしても耐えられなくなった。だから、辞表を出して会社を辞めたのだ。

もちろんこのことは彩香に教えてはいない。余計な心配はかけたくないから。

彩香のそばにずっと付いていたいと思ったのも事実だ。妻には一刻も早く元気になって欲しい……今はそれが一番大事だ。仕事なら他にいくらでも見つけられる。

また一緒に暮らせる日が来ると信じて、心の傷が癒えるように彩香と二人だけの時間を過ごした。

そして彩香は無事退院して、我が家に戻ってきた。

時間はかかったけど、彩香は連れ去られる前と同じくらい元気になった。

でも、それは表向きだけだった。

二人で生活を始めてから、俺は痛感することになる。

——彩香の内面は壊れたままだということを。

※

「あなた、もう少しで朝ご飯ができるから待っててね」

「あ、彩香！　ダメだって、勝手にキッチンに入ったら……！　料理を作る時は一緒にキッチンに立つって約束しただろ？」

「そ、そうだったわね…………ごめんなさい」

バッが悪そうに顔を伏せる。

「そんなにしょんぼりしなくていいよ。次から気をつけてくれればいいから」

俺は彩香の横に並んでキッチンに立つ。

「それで、今日はなにを作るんだ？」

彩香はにこにこと笑みを絶やさず、食材や料理の豆知識を披露して、調理を開始する。

だが、その手元はかなり危なっかしくて、覚束ない。

「おっと。また包丁落としそうになったぞ。危ないから気をつけろよ」

「あ……ご、ごめんなさい。ちょっとお喋りに夢中になってたみたい……」

またバッが悪そうに苦笑いを浮かべる。

入院生活が終わって元気になった彩香だけど、一緒に生活しているとこうした綻びがいくつも出てくる。

目に見えない傷が、まだ彩香の身体を蝕んでいるんだ。

だから俺はいつも彩香のそばにいて、大きな事故が起きないようにサポートしなければならなかった。

「あとは盛り付けるだけだから。あなたは座って待ってて………」

ピンポーン！

その時、リビングにインターホンの音が響いた。

「っ⁉」

瞬間、彩香はその場で蹲ってしまう。

自分の身体を抱き締めるように腕を回して震え出す。

「あ、あぁああ……いや、いやぁ……もういやぁ……！　お願い、許して！　許してぇ！」

「お、落ち着け！　彩香！　大丈夫だから……俺がそばにいるから……！」

「う、うぅううう……ぐすっ、う、ぅううう……」

彩香は俺に抱きつき、胸元に顔を埋めて涙をボロボロと零し始める。

震える手をそっと握ると、氷のように冷たくなっていた。

「玄関の様子を見てくるから。すぐに戻って来るからな」

彩香は少し間を置いてから、ゆっくりと首を縦に振った。

玄関に向かい戸を開けると、待っていたのは、いかにもな作り笑いを浮かべた営業マンだった。

彼には悪いが、話を聞いている暇はない。俺は長い勧誘が始まる前に断りを入れて、戸を閉めてしまう。そして急いでリビングへ戻った。

「やっぱりただの勧誘だったよ。もう帰ったから」

彩香はメガネを取ってから目尻を拭い、そして笑ってみせる。

「そ、そっか。こんなに朝早くから大変ね……。それじゃ、盛り付けするから。あなたは座ってて」

何事もなかったかのように平静を取り繕い、立ち上がってご飯をよそう。

そんな小さな背中を見ていると、胸が張り裂けそうな気分になる。

彩香は俺以外の人とは、まともに話すこともできなくなってしまった。

もう今まで通りの生活を送れなくなってしまったんだ。

それでも必死に今まで通りを演じる彩香の姿はあまりにも痛々しくて……俺は奥歯を噛んで涙をこらえた。

「どうぞ。召し上がれ」

テーブルの上には朝ご飯が並んだ。

「お、美味しそうだ。いただきます」

俺と彩香は向かい合って座り、さっそく朝食に箸をつける。

食べ始めてすぐ、異変に気付いた。

調味料を間違えたのか、食材の扱いを間違えたのか……料理にはほとんど味がなかった。

だけど、俺は料理を口に運んで笑顔を作る。

「美味い！　やっぱり彩香の作る手料理は最高だよ！　いつもありがとうな、彩香」

「ううん。私があなたにできることって、これくらいだから……」

そう言って、彩香ははにかんだ。料理に味はなくても、彩香の笑顔を見ることができればそれで十分だ。

「そ、そういえば……あなた、今日お誕生日よね？」

朝食を食べている最中、彩香がおずおずと口を開き、顔を覗き込んでくる。

「あなたにはいつもお世話になってるから。ずっとお礼がしたいな、って思ってたの。だから、今日は私にお祝いさせて。たくさんごちそう作るから……」

素直に嬉しいと思える申し出だった。久しぶりに、自然と笑みが漏れた。

「……ありがとう。楽しみにしてるよ」

俺の返事を聞いて、彩香は花開くような満面の笑みを見せる。

「うんっ！　あなたの好きなお料理、いっぱい用意するわ！　えーっと……」

頬をほんのり赤く染め、楽しそうに指を折りながら料理の名前を挙げていく。

「………………っ！」

彩香が挙げている料理の名前は、作ってもらったことのないものばかりだった。

ああ、そうか。

それらの料理は、多分俺じゃない別の誰かに作ってあげたものなんだ。

そして、その誰かとは……。

「うふふ。あなた、本当にお魚料理が大好きよね」

彩香は屈託のない笑みを浮かべ、小首を傾げる。

「今日はお腹いっぱい食べてね」

まるで邪気のない表情で、彩香は愛おしそうにその名前を呼んだ。

「徹くん……」

やっぱり彩香には、徹也という存在が刻み込まれているんだ。

もう徹也から受けた傷を癒すことはできないのかもしれない。

だけど……。

「彩香………」

「あ、あなた？　どうしたの……まだ食事中なのに」

俺は、自分の席を立って彩香を抱き締める。

「愛してるよ、彩香」

「っ！」

「これからもずっと、ずっと愛し続けるから……」

「わ、私も……私もよ……」

彩香は涙を浮かべながら俺の胸に身体を預けた。

「あなたのこと、愛してるわ。私のそばにいてくれて、ありがとう……ありがとう……あなた」

どれだけ傷ついても……過去と同じ日々が戻ってこないとしても……愛する彩香はこ

ここにいる。

俺を想って、誕生日を祝ってくれる。一生懸命手料理を作ってくれる。

他の人はダメでも、俺だけは受け入れてくれた。こうしてまた一緒に暮らすことを望んでくれた。

彩香の気持ちだけは今も昔も変わっていないんだ。

だったら……それでいい。

「これからも色々大変なことがあると思うけど、よろしくな……彩香」

俺の妻は泣きながら、腕の中で力強く頷いた。

※

――その夜。ベッドの上で俺と彩香は見つめ合っていた。

「本当にいいのか？」

事件があってから、俺と彩香はずっとセックスをしていなかった。

彩香がトラウマを思い出すかもしれない……そう思ったからだ。

だけど、夕食を終え、就寝しようとした時、なんと妻の方から誘ってきた。

「うん……あなたとセックス……したくて……」

恥ずかしそうに告げられる妻の言葉に、心臓が高鳴る。

ずっとご無沙汰だった分、性欲は溜まっていた。俺は悩んだ末に、彩香の申し出を受け入れることにした。

「じゃあ……しようか」

「うんっ」

彩香は頬を桜色に染め、笑顔で頷く。そして、上着を脱ぎ始める……。

「あのさ……メガネも外してくれないか?」

「え? どうして…………?」

「い、いや……なんていうか……」

徹也に犯されて喘いでいた彩香の姿を思い出してしまうから。

「……わかったわ」

正直には言えなかったけど、ちょっとだけ困ったような笑みを浮かべて了承してくれる。

メガネを取ってから彩香は服を脱いだ。

愛する妻の生まれたままの姿を前に、俺は膨れ上がった欲望を我慢することができなかった……。

「んはぁあああああああああ～っ!」

彩香の片足を持ち上げて、剥き出しになった秘所へペニスを一気に挿入する。

愛液で濡れた肉厚の膣内がみっちりと竿に吸いついてきて、俺はすぐに絶頂してしまいそうになる。

「くぅう……あ、彩香。もうこんなに感じて……っ！」

「ごめん、なさい……私、自分の身体が恐くて……感じすぎて、あなたに幻滅されるんじゃないかって……っ！　だ、だから……我慢、してたの……んっ……本当は、あなたとセックス、したかったのに……」

「幻滅なんかしないさ。乱れてもいいいんだよ、彩香」

彩香の髪をそっと撫でてあげる。

「俺はどんな彩香のことも好きだから」

「ん、んんんっ！　は、ぁあああ……あ、ありがとう、あなたぁ……」

玉のような汗を滲ませながら、彩香はにっこりと笑う。

その拍子に膣内がきゅっと狭まり肉棒を抱き締めてくる。

襞がうねり、竿を勢いよく揉み込んできた。

「あ、あぁあああ……は、んんんっ、あ、あんっ、ふぁああ……」

ペニスにまとわりつく膣壁ごと引っ張り上げる。

そのまま少し乱暴に奥へと押し込むと、膣肉がグジュッ……と音を立てて愛液をたっぷりと滲ませる。

厚い肉の感触と、興奮した彩香の体温に包まれながら、膣内を味わうように抽送を繰り返した。

「あ、ふぁあああ……あ、んぁっ、あんっ……はぁあんっ……あっ、あああっ。あなたの、おちんちんで……いっぱいになってる……はぁ、あああっ、んあぁあっ」

彩香はビクンビクンと腰を小刻みに震わせ、甘い吐息を零す。

蕩けたような表情は、彩香が快楽に溺れている時の顔だ。それがとても嬉しくて、俺はブルリとペニスを暴れさせた。

「はんっ、あんっ……あなたのおちんちん、私の中で大きくなってるわぁ……んっ」

口からはみ出たままの舌は、喘ぎ声を上げるたびに伸び上がる。

「私の、膣内……ヘンじゃない？　ちゃんと気持ちいい？　んっ、んっ……」

「心配いらないよ。凄く気持ちいい」

「よ、よかったぁ……はうっ、あ、あはぁあっ、あんっ、ふぁあああん」

もしかしたら、彩香は徹也に長い間犯されたので、自分の膣内がおかしくなってしまったのではないか……と不安だったのかもしれない。

確かに以前までの彩香と比べると、感度も愛液の量もかなり違う。一度忘れようとしていたセックスの快楽を、身体が思い出してしまったからだろう。

でも、これが本来の彩香の身体なんだ。

「あっ、あぁあっ、あああっ……き、気持ちいいわっ、あなたぁ……はぁっ、はぁっ」

「……彩香、もう少しだけ早く動くよ？　大丈夫？」

「だ、大丈夫よ。あなたの好きにして、いいから……私は、あなただけのもの……あなただけとしか、もう……セックスしないわ。約束するから……」

「ありがとう、彩香っ」

「んぁっ！　あっ、は、あぁああぁあっ、あんっ、あんっ、ああんっ、んん～っ！」

ペニスを深々と突き入れると、結合部から愛液が飛沫となって飛び散る。

濡れ濡れの膣内は俺のものを咥え込むたびに、淫らな水音を鳴り響かせ、気持ちよさそうに伸縮を繰り返した。

スムーズに前後運動を繰り返して、肉壁の摩擦を感じながら、さらに奥へ奥へと突き進んでいく。

「あ、はぁああ～～、んっ、お、奥に入ってきてるの……あっ、あなたと、深いところで繋がってる……んっ」

「う、く……彩香、気持ちいいか？」

「ん、うんっ……気持ちいいのぉ……あ、ああっ……あひっ！　いいのぉ～！　んんっ」

腰を打ちつけると、彩香の身体が震え上がる。

乳房が弾むように揺れ、お尻の肉も僅かに波打つ。

胸やヒップ、太腿にまで手を伸ばし、彩香の身体すべてを愛撫してやる。

「あ、あぁああん、んぁ、んんんんっ！　あ、あなたに触られてる……身体中、あなたの指先で……ん、んっ」

「彩香の肌、すべすべで綺麗だよ……」

「あ、あんっ……もっと、撫でてぇ……いっぱい、愛して、あなたぁ……！　あ、あひっ、んっ、あぁあ」

彩香は伸びきった舌先から唾液を垂らし、息も絶え絶えになりながら感じていた。

涎塗れになった艶のある唇に、俺は自分の唇を重ねた。

「んちゅ、ちゅぅう……ん、ふぁ……ちゅ、ちゅううう……ずるっ、ずっちゅう」

ふんわりとした唇に優しく口づけしながら、涎を舐め取る。

「れる、ぴちゃ……じゅずず……ん、ちゅるるっ、こうして、キスするの……すごくいいのぉ……ずちゅっ、ちゅっ……んっ、ずずずずっ」

俺たちは互いの口の中で舌を絡ませた。

「ぷはっ……あ、んっ、ああ……あ、ぁ……あなた……ふふふ」

口の中には彩香の熱い唾液が残っていた。

少しだけ甘くて、脳が蕩けてしまいそうな味だ……もっと味わいたい。

「んちゅ、じゅぶっ、じゅぷぷ……ん、ちゅっ……ん、んんっ！　んっ！」

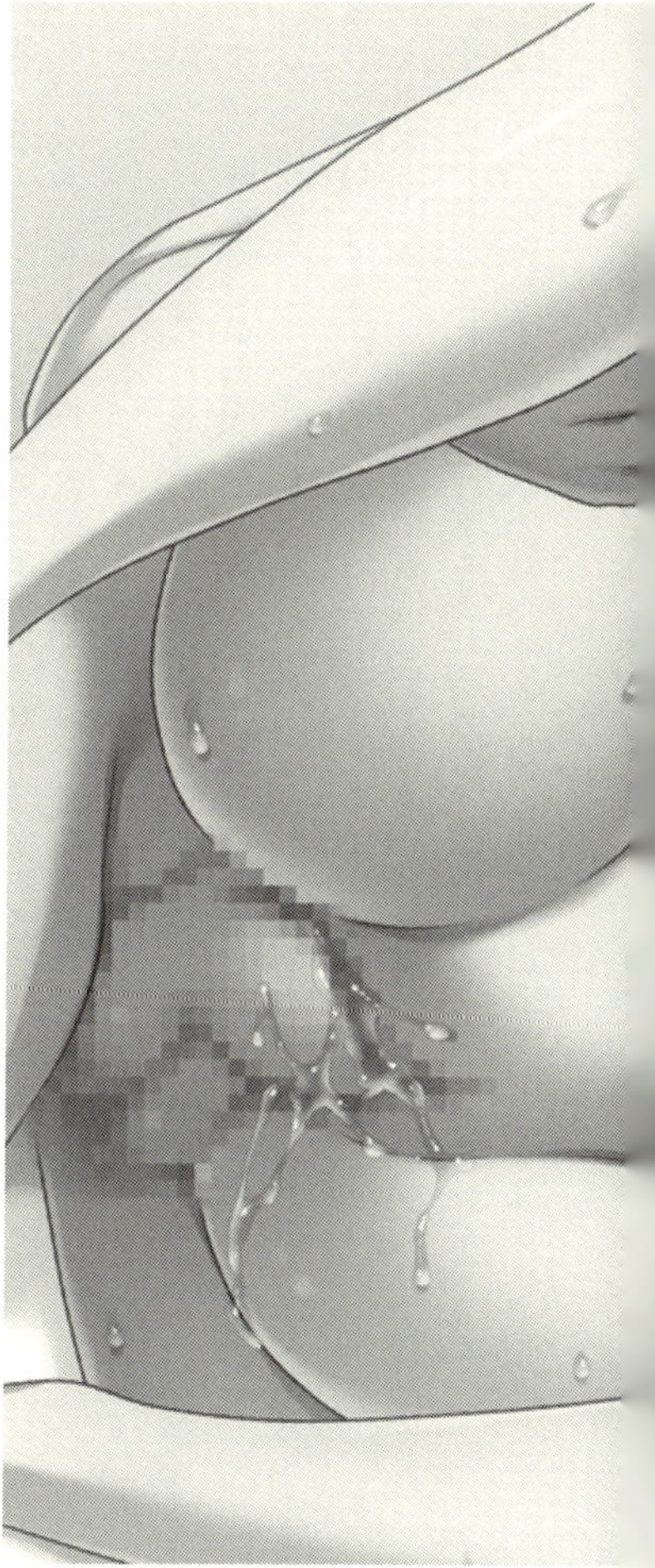

キスをしているだけで彩香の表情はどんどん蕩けていく。

「ぷ、あ……ああぁああ……き、キスしたら、頭がぼうっとして……んっく、はうっ！」

やがてどちらからともなく口を離すと、下顎をゆっくりと上げて、感嘆するように熱い吐息を零す。

「はぁ、はぁ……ち、膣もすごい締まってる……襞がぎゅって絡みついて、吸いついてるみたいだ……」

「あなた、離れないで……私のなかに、ずっといてぇ……んっ、あなたのおちんちん、ずっと感じていたいのぉ……愛、してる……愛してるわ……っ！　こうして、あなたといっぱいセックスしたかったの……んぁ、あああっ、はうっ……んはぁ、んっ、んん～～」

下半身を密着させ、膣穴の奥の奥にまで亀頭が到達する。

濃くて熱い愛液がドロドロに溜まっていて、肉粒のような襞が脈動しながらカリ首を刺激してくる。

もう少し長くセックスを愉しんでいたかったけど、もう我慢できそうになかった。

「あ、彩香……すまん！　もう、出そうだ」

「だ、出してぇ……あなたの子種、全部ちょうだい……んっ、あ、ああ」

「う、はぁはぁ……彩香、お前も絶頂させてやるからなっ」

今にも射精してしまいそうなくらいの快感が、ペニスを通して背筋を突き抜けていく。

昂ぶる射精感をこらえながら、俺は激しく腰を打ちつけて、熱く蕩けた膣内を滅茶苦茶にする。興奮で頭が真っ白になりながら、俺はひたすら彩香を愛し続けた。

「んはぁあああ！　あ、あんっ！　わ、私も……もう、ダメぇ……ふ、ぁあああっ！

あひっ、い、イク……イクゥウウ！」

「はぁはぁはぁ……い、一緒に気持ちよくなろう、彩香」

汗でしっとり濡れた彩香の手を握り締める。彩香も震える指先を絡めてきた。

最後に、限界まで腫れ上がったペニスを秘裂から抜けるギリギリまで引き抜く。

そして、再び勢いよく彩香の最奥まで一気に貫いた。

「あ、あなた……んぁあああああっ！」

「彩香ぁ……う、くぅううう！」

繋いだ手をお互いにぎゅっと固く結ぶと同時に、俺たちは申し合わせたように身体を大きく跳ね上げた。

「あはぁあああああああああ～！」

彩香の膣内に己の欲望をすべてをぶち撒ける。

震え上がった膣内に、熱くて濃厚な精液を流し込んでやった。

「あ、あひっ！　んくっ、あ、熱い、熱いよぉ……んぁ、ああああああっ！」

「う、ぁあ……ぐっ、まだ出るっ」

ペニスの震えが止まらず、射精が終わらない。彩香の膣内がきつく締まり、ペニスを放してくれない。

膣壁は痙攣しながらも活発に蠢き、脈動する男根をさらに絞り上げてくる。

「あひっ、お、んぉおお……あ、あんっぐぅう……おほぉおおおっ」

割れ目から精液がドクドクと溢れ出る。それでもまだ射精は止まらない。

彩香の膣内から子宮まで、なにもかもを俺の精液で満たしていった。

「あ、あひぃいい！　んぁあ、あ、ああああ……気持ち、よすぎて……イクの止まらないのぉ！　んぁああああああっ！　あっ、あああ……ぉおおおお！」

ようやく彩香の絶頂が治まり、締めつけられていたペニスが解放される。

同時に射精も止まった。身体の中身をすべて搾り取られたような感覚……眩暈がするほどの快感だった。

「あ、あひっ……ん、んっ……ぁ、ああ……あひっ」

精液を子宮で受け止めながら、彩香はペニスの脈動に合わせてビクビクと震える。

「んぁっ、あ、あひっ……あはぁあ……い、いっぱい……出したわね……あなたぁ……」

絶頂の快感で白目を剥いていた彩香が、幸せそうに頬を緩ませる。

「あ、はぁ、はぁ、はぁ……あ、彩香の中、すごかったよ。全部吸い取られたみたいだ」

「あへっ……んっ、あ、はひっ……あ、あなたぁ……あなたぁ……んっ、はぅ」

だらしない顔で絶頂の余韻に浸りながら、うわ言のように俺を呼ぶ。

弱々しい力で俺の指を握ってくる……。

「あなた……好きよ……愛してるわ……んっ、あはっ……あ、あぁ」

「俺もだよ、彩香」

絶頂したあとも、彩香の陰唇はペニスにしがみつくように密着している。

俺のすべてを受け止めてくれた彩香に、温かい感情が溢れてくる。

もっとセックスがしたい。だけど身体はすっかり脱力してしまっている。

代わりに、俺は彩香とキスをした。

「んちゅ……ちゅぴっ」

啄むような口づけを何度も繰り返す。

「ちゅ、ちゅぅ……ふふ、ぐすっ、ふふふっ」

彩香は潤んだ瞳から涙を一筋零し、破顔する。

「私、こんなに幸せでいいのかな？　……ぐすっ、あなたのこと、裏切ったのに……こんなに愛してもらって」

「裏切ってなんかない。彩香は頑張ったじゃないか」

これだけ快楽に弱い身体なのに、徹也の激しい責めに耐え続けてくれた。心が壊れるまで、俺の為に頑張ってくれたんだ。

「俺の方こそ、彩香を助けられなくてごめんな。これから先、彩香が幸せでいられるように頑張るよ。一緒に幸せになろうな、彩香」

「……はい、あなた」

俺と彩香はお互いに顔を見合わせて、微笑む。

そして、また口づけを交わす……。

絶対に、彩香を……大切な妻を守っていこうと、改めて誓った。

村上佐知子

Sachiko Murakami

こんにちは、村上佐知子と申します。
このたびは「リベンジポルノ」を手に取っていただき、
誠にありがとうございます！
この作品はタイトルから分かる通り、ヒロインが粘
着質な元カレに色々と嫌がらせされてしまうお話です。
清楚で奥手な自分の妻が、実は過去他の男と……
という、精神的な『過去寝取られ気分』を味わえる
作品になっているかと思います。
いかがでしたでしょうか？
みなさまに楽しんでいただけたなら幸いです。
ではでは、最後に謝辞など。
編集のK様、誤字脱字が多く大変申し訳ありません
でした。そして、ありがとうございました。
アトリエさくらeXtra様、読者のみなさま、
この本の制作に関わってくださったすべての皆様、
心より御礼申し上げます。
またお会いできる日を楽しみにしております。

オトナ文庫

リベンジポルノ

2017年 2月28日　初版第1刷 発行

■著　　者　村上佐知子(髪ノ毛座)
■イラスト　こもだ
■原　　作　アトリエさくらeXtra

発行人：久保田裕
発行元：株式会社パラダイム
〒166-0011
東京都杉並区梅里2-40-19
ワールドビル202
TEL 03-5306-6921

印 刷 所：中央精版印刷株式会社

OB-052

▼オトナ文庫 既刊作品▼

部下の妻と妹を寝取る上司《おじさん》
並外れた巨根と精力で女どもを次々とモノにする…齢四十を過ぎ男盛りの高倉剛史は、公私ともに充実した生活を送っていた。そんな彼が目をつけた新たな女は、部下の妻である葛木由季菜だった。部長職の地位を笠に着た恫喝で由季菜を言いなりにして、さらには部下の妹にまで手を着ける剛志。部下が何も気付いていない間に、妻と妹を快楽の虜にするのだ！
オトナ文庫 025
著：雑賀匡
原作：CLOCKUP
画：のりざね、大原
定価：本体750円(税別)

オトナ文庫 039
著：雑賀匡
原作：スタジオ奪
画：智弘カイ
定価：本体750円(税別)
REC
奪
うばい
～人の妻《おんな》、売ります～
弱小AV制作会社『奪』は、人妻専門の売春斡旋という裏の顔を持つ。亮介はカメラマン兼男優として働く一方、裏稼業の仕切りを任される。エロボディの椿姫と、もうひとりは亮介の元恋人だった麻美。他の男に抱かれる麻美を見ていると、彼女と別れるきっかけとなった出来事を思い出してしまい…。

心を読める痴漢が与えるのは
至高の快楽と絶頂…!!
修羅の痴漢道
オトナ文庫63
著 緒莉　画 水島★多也 他
定価 本体 750 円（税別）
2017年2月下旬発売！